魔弾の王と聖泉の双紋剣《カルンウェナン》 6

瀬尾つかさ

原案／川口士　イラスト／白谷こなか
キャラクターデザイン／八坂ミナト

Lord Marksman and Carnwenhan

Presented by Tsukasa Seo / Illust. = Conaca Shiratani / Based on story = Tsukasa Kawaguchi / Character Design = Minato Yasak

「こいつら、あなたの仲間？」

エリッサよりさらに小柄な少女が、
彼女を守るように山賊の前に立ち塞がった。

窓から差し込む朝日を浴びてベッドから半身を起こす彼女は、
神々しい光に包まれているようにみえた。

ダッシュエックス文庫

魔弾の王と聖泉の双紋剣《カルンウェナン》6

瀬尾つかさ

ルヴーシュ
オステローデ
レグニーツァ
●王都シレジア
ブレスト
ライトメリッツ
ジスタート
アルサス
オルミュッツ
ポリーシャ
城砦
ムオジネル
エレシュキルト
アニエス
王都パルティア●
黄金の海

アスヴァール島
王都コルチェスター
オード
ルテティア
王都アスカニア
ブリューヌ
アスヴァール
ナヴァール城砦
王都ニース
ネメタクム
ザクスタン

キャラクターデザイン・ラフ
〝リムアリーシャ〟（白谷こなか版）

第一話
エリッサ商会

エリッサは十六歳の少女である。ジスタート王国では珍しい、褐色《かっしょく》の肌の持ち主だ。両親はずっと南西の彼方にある島から戦禍《せんか》を逃れてこの地に辿り着いたという。

さらさらの銀髪に紅玉のような瞳が合わさって、その風貌《ふうぼう》は異国の土地を思わせる。そのせいで幼い頃はいじめられたこともあった。自己肯定感を得ることが難しかった。

でも、リムアリーシャ先生は違うものの見方を教えてくれた。

「肌の色や髪の色が違うということは、誰もがあなたのことをすぐ覚えられるということです。善い行いを積み重ねれば、あなたは誰よりも人の信頼を得られるでしょう」

幼いころ、神殿の教導室《きょうどうしつ》でのことである。リムアリーシャ先生、と言ってもこの人物はエリッサの三つ年上の生徒である。当時エリッサたちが暮らしていた町の神殿では、教師の手が足りないとき年長の優等生が年少の子どもに教授を行っていたのだ。リムアリーシャ先生は特に優秀で、教え方も上手かった。

そのときリムアリーシャ先生が教えてくれた生き方の指針が、今でもエリッサを支えている。

父と母が亡くなったとき、両親の跡を継いで商人となる道を選んだ。

エリッサは店を畳み、行商人となった。店舗を維持する経費が賄《まかな》えないと判断したからだ。

同時に、行商人は多くの人々に姿と名を覚えて貰うことが重要な仕事であるから、と考えたのもある。

馬車の手綱《たづな》を握る彼女の褐色の肌と銀の髪は遠くからでも目立った。最初はたいへんだったけれど、何度も町から町へ、村から村へと往復するうち、馬車が停まると人々が駆け寄ってきて、笑顔で交渉を始めるようになった。

十五歳で行商人となり十六歳の若さで独自のルートを持ついっぱしの商人になることができたのは、彼女の努力だけではなく珍しい肌や髪の色のおかげだ。少なくともエリッサ自身はそう思っている。

小柄な身体と馬車ひとつ、使用人は三人でエリッサ商会を名乗っている。

エリッサ商会は小さな商会だが、今回の取り引きが終わればようやく公都に店舗を持つ算段がつく。このライトメリッツ公国に地歩を固められるということだ。

取り引き先の町は、峠をひとつ越えた先にある。あともう少しだった。

秋の収穫期が終わったばかりの時期である。

なのに。

「峠に山賊が出没するのですか」

時刻は昼過ぎ、峠のすぐ近くの村、そこにある唯一の宿の一階にある酒場にて。

エリッサは宿の主人の話を聞き、ぽかんと口を大きく開けた。ジスタートの南西にあるライトメリッツ公国の治安は悪くない。むしろジスタート全体で見ればいい方だろう。少なくとも去年まではそうだった。

今年に入ってからは海の近くで戦いがあったとかで、ライトメリッツ公国からも兵が引き抜かれて、その分このあたりの監視の目が緩くなってしまったという事情がある。

王都で竜が出現したという噂も旅先で聞いた。王宮が破壊されて王族のほとんどが失われ、最終的には遠縁の者が新たな王として立てられることになったとか。それに不満を持つ一派が別の王を立てようとしているらしき噂もあり、新王の即位まではまだまだ混乱が続くだろうと予想されていた。

海沿いの戦が終わったあと、戦姫たちは各々の公国に引きこもっているという。このライトメリッツの戦姫様も同様で、公国内の諸問題には順次対応するとのお触れが出ていた。彼女の側近が戦で重傷を負い、そのせいでふさぎこんでいるという噂もまことしやかに流れている。

そんなこんなで現在、ジスタートでは政の停滞が著しいのであった。

脱走兵や他国から来た兵が野盗化しているという話もちらほら流れている。情勢の悪化は連鎖的に更なる治安の後退を促す。それが辺境であれば、なおさらだろう。

そうだとしても、町と町を繋ぐこんな要衝で山賊が出没するとは。

「災難だったな、お嬢ちゃん」

宿の主人、禿頭の大男がその言葉と共に差し出してくれた薄めた葡萄酒《ヴィノー》を、エリッサはぐいと半分飲む。少し気持ちが落ち着いた。

「まったくです。あと、お嬢ちゃんはやめてください。私はもう十六です」

「うちの村じゃ、まだ子どもだよ」

「この国では立派な成人ですよ、村のしきたりより国の慣習を重視してください」

エリッサは残り半分の葡萄酒が入った杯をくるくるまわした。ここに行儀が悪いと怒る者はいない。

「どうしたものですかね。ご主人、ちょっと峠に行って、山賊を討伐してくれませんか」

「無茶を言うな。俺は村でも喧嘩《けんか》が弱いことで有名なんだ。剣ひとつ握ったことがねぇ」

宿の主人は首をすくめる。この村は何度か通ったことがあり、そのたびにこの宿に厄介になっていた。主人は褐色の肌の商会主である少女エリッサをすぐ覚えてくれて、なにかと世話を焼いてくれている。

「乱暴なことは、ぜんぶうちのかかぁに任せてるんだよ。山賊退治もあいつに頼め」

「言いつけますよ、その言葉ぜんぶ」

「勘弁してくれ。髪が抜けるぜ」

「ご主人に抜ける毛なんてないでしょう」

もっともだ、と彼は禿げあがった頭を掻く。定番のネタであった。面白くもない冗談に対して儀礼的に笑ったあと、エリッサは葡萄酒の残りを飲み干して、それから肩を落とす。

「困りました」

「ここは前向きに、事前にわかってよかったと思いましょうよ、お嬢様」

中年の大柄な女が、気落ちするエリッサの肩を叩く。酒臭い息がかかって、エリッサは顔をしかめた。彼女、真っ昼間からきつい蒸留酒をあおっているのだ。

「ですが、ジョジー」

「商人の本業は商売、されど命あってこそ、ですよ」

「カル＝ハダシュトの格言でしたか。父がよく言っていましたね」

カル＝ハダシュトは大陸の南西に位置する大きな島だ。エリッサの両親の故郷でもある。

ジョジーはエリッサ商会の使用人のひとりで、エリッサの両親のもとで十五年以上も働いていた。ジョジーとはエリッサが物心つく前からの関係である。ジョジーはエリッサの両親の死後も、「お嬢様ひとりじゃ危なくて仕方がないですね」とため息をつきながらついてきてくれた唯一の人物であった。

酒癖が悪い以外はこれといった欠点がない。もっともその酒癖の悪さが故《ゆえ》、以前の働き口を追い出されたというからたいがいである。

幸いにして、酔っても暴力を振るったりはしない。エリッサも酔った彼女によってあまりひどい目に遭ったことはない。

もっともこの場合のあまり、とは殴られたりすることであって、抱きつかれて吐瀉物《としゃぶつ》まみれにされたことは一度や二度ではなかった。常に酒臭いことにも辟易《へきえき》している。

「そうですそうです、お嬢様。峠の頂上で山賊とばったりでくわしてからじゃ、何もかも遅いんですから」

エリッサ商会の使用人である若い男ふたりが、ジョジーの言葉に勢いよくうなずく。去年から商会で働いてもらっている彼らはジョジーに顎で使われることが多いものの、力持ちでよく働く者たちだ。いささか臆病なのが玉《たま》に瑕《きず》で、山賊相手ならきっとジョジーの方がいい戦いをするだろう。

その彼女とて大人の男を相手に武器をもって殴り合うことなどできない。

どだい一般人が兵士の訓練を受けた者たちの集団を相手に戦うことなど不可能であった。怪我をしては元も子もない。

故に、エリッサ商会がとるべき道はひとつ。危険は避ける。これしかない。ないのだ、が。

「おとなしく、来た道を戻りましょうや、お嬢様」

「それでは依頼を果たせません」

「道が通れないんじゃ違約金も発生しません。時間と金は無駄にしましたが、命まで無駄にするおつもりですか」

ジョジーは蒸留酒を一気に飲み干して、宿の主人におかわりを貰う。完全に出発する気をなくしているようだった。いや、そんな様子をあえてエリッサにみせて、彼女が無謀な行動に出ることを諫《いさ》めているのか。

「お嬢様の命は、そこまで安くないでしょう。冷静になってくださいよ」

「わかってます、わかってますよ、ジョジー。私だって命を無駄にする気はありません。でも……ほら、たとえば迂回路があるかもしれないでしょう。村の人ならこっそりそういう別の経路を隠しているんじゃありませんか」

ねえ、と諦め悪く宿の主人に水を向ける。壮年の大柄な男は、やれやれとばかりに肩をすくめてみせた。

「あの険《けわ》しい峠を越える以外の道があれば、このあたりだってもうちょっと栄えているさ。国の境に近いこのあたりが何でこうも寂れているか……お嬢ちゃん、世の中、そうそう楽な抜け道なんてないんだよ」

「ぐうの音も出ない正論ですね。むしょうに腹が立ちます」

「この年まで生きて、ままならないことばかりだ。お嬢ちゃんもひとつ悟ったな」

「こんな辺境の宿に賢者がいるとは、ライトメリッツは素晴らしい大国ですね」

宿の主人はエリッサの皮肉を受け流し、「賢いお嬢ちゃんも蒸留酒、行っとくかね。おごりだよ」と木の杯を差し出してきた。

「頂きましょう」

　エリッサは受け取って、一気に杯を傾ける。ジョジーがやっているのだから自分でもできるだろうと思っていたが、喉が焼けるような刺激に激しくむせた。けほけほと咳《せき》をする。宿の主人は笑って「お子様にはまだ早かったか」とからかってきた。涙目で睨《にら》む。

「さっきも言いましたが、子ども扱いはやめてください。この蒸留酒が予想以上にまずかっただけです」

「おごりの酒に文句を言うとは、礼儀がなっちゃいねえな。やれやれ、この酒で商売するのは無理か」

「客を実験に使わないでください。使うにしても、せめてそこの男ふたりでやりなさい。ジョジーは物欲しそうな顔をしないで」

　エリッサは、何でもいいから酒を呑みたいと言わんばかりの中年女を睨む。中年女は大口を開けて笑っていた。

　以前、そんなことだからこの年になるまで結婚できないのだ、と罵《のの》った男は、その直後、狂暴に笑うジョジーによって頭から葡萄酒の樽に突っ込まれた。たぶん相手がエリッサでも彼女はやるだろう。そういう女だとよく知っていた。

　エリッサとしては子どもの頃、彼女の体型について文句を言った後、尻が腫《は》れるほど叩かれた恐怖が身体に染みついている。

「参考までにお聞きしたいのですが、ご主人、山賊が現れるという情報の確度はいかほどでしょうか」

　エリッサは気を取り直して訊ねた。相手は苦虫を噛《か》み潰したような顔になる。

「奴らは五日に一度、峠を下りてこの村へ食料を買いにくる。明日がその日だ。この村に潰れられちゃ困るようでな、金払いはいい」

「暴力ではなく金を払う輩ですか。山賊のくせに生意気な」

　厄介だな、とエリッサは思った。暴力だけで押さえつけるようなならず者であれば、村も一致団結して対抗することができるだろうに。

「あいつらにいつ剣を抜かれるか、俺たちは気が気じゃない。とはいえ、これまで村の中で暴れられたことはなかった。俺たちが奴らにとってまだ役に立つ相手だからだろうな。あいつらが村人以外と出会ったら、どんな行動に出るかわかったものじゃない」

「この宿も彼らのお得意様でしたか。となると、あなたが峠のことを教えてくれたのは純粋に私たちへの厚意ということですね」

「できれば今日中に村を発《た》った方がいい。いつもの通りなら、明日の昼過ぎにそこの戸が乱暴に開く」

　主人は宿の入り口を顎で指し示す。

「あるいは、うちに泊まって明日の朝早く出るか、だな」

「色々ありがとうございます。そういうことでしたら念には念を入れて、今日中に出ますね。次に来るときは、素人でもつくれる、ちゃんとした蒸留酒の作り方を教わってきましょう」

「そりゃあ助かる」

「いいですねえ、やっぱり強い酒に限ります」

ジョジーは赤ら顔で更に杯をあおり、ひどく眠そうにしていた。エリッサはそんな彼女の背を叩き、しゃきっとさせる。部下の男ふたりには、放していた馬を呼び戻すよう命じた。

「少ないですが、情報の対価です」

懐《ふところ》から銀貨を取り出し、カウンターに置いた。こまめに支払いをしておかなければ、借りがどれだけ膨《ふく》れるかわかったものではない。父の教えのひとつだった。

「それじゃ、無力な商人は尻尾を巻いて逃げますか」

重い重い、ため息をつく。危険からは素早く遠ざかれ、一刻も早く。こちらはリムアリーシャ先生の教えであった。


さて、とエリッサはカウンターの隅を睨む。その席には、我関せずという態度でゆっくりと杯を傾けている女がいた。

華奢《きゃしゃ》な身体つきをした二十代の後半から三十代とおぼしき人物で、肩にかかるくらいの長さの赤い髪を後ろで結っている。気だるげな双眸《そうぼう》が、窓から差し込む日の光を浴びて黄金色に輝いていた。

その女は先ほどから黙々と杯を重ねているのだが、ジョジーと違い酔った様子はかけらもない。

彼女はエリッサ商会の使用人ではなかった。先日、奇縁により一時的な同行者となった部外者である。

「ネリー、聞いての通りです。くつろいでいるところ申し訳ないですが、出発の準備をしてください」

「慌ただしいね。この店の根菜干《こんさいぼ》しをつまみに呑めば、いくらでもいけそうなんだが」

「そりゃ、お店で一番高いつまみを頼めばそうでしょうよ。お金があるのは結構ですけど、無駄遣いばかりしていると後悔しますよ」

「金なんて、使わなければただの重りだ。われは金を右から左に流すものなり」

「経済をまわしている、と言いたいんですか。だったら適正な流通というものをもう少し学んでください」

「あれは、本当に悪かったと思っているよ。反省している」

十日ほど前のことだ。ふたつ前の町で、行商人から盛大にぼったくられている彼女を助けたことがきっかけで、ふたりは知り合った。

ネリーと名乗る女は、どこの金持ちのお嬢様だか知らないが相場の何百倍もの金額で果実水《クヴアース》と保存食を買わされていた。エリッサは同じ行商人としてさすがに我慢ならぬと口出ししてしまい、ぼったくろうとしていた中年の男にはひどく罵られた。

エリッサには商人としての矜持《きょうじ》がある。あんな客をカモとしか思っていないような奴にどう思われようが、知ったことではない。

その後、同じ宿をとっていたと知り、宿の一階の酒場で意気投合した。女のひとり旅であると知り、ならばしばらくエリッサ商会と行動を共にしてはどうか、と提案したところ「ちょうど、仕事にいち段落ついたところだ、それもいいね」という返事がきた。

それから数日で、彼女のひどく非常識な部分と、妙に知識が深い部分を知った。

ちょっと高級な蒸留酒に感動したり、子どもでも知っているようなジスタートの建国物語を興味深く聞いていたと思えば、古い祠《ほこら》を眺めてエリッサたちが名前も知らない古い信仰を語ったりする。古今東西のことわざにも詳しい。

彼女の言葉を信じるなら、この地にはエリッサが思っていたよりずっと多くの神々がいたようだ。

数日前、こんな会話をした。

「むかしむかしの神様は、今もこの地におわすのですか、ネリー」

「人の記憶から失われた神々は、変質してしまう。今も存在していたとして、それがわれの知る存在と同じとは限らぬのだ。あまりにも長い時が過ぎた。降り積もる歳月を前にしては、神と呼ばれた者たちとて無事ではいられぬ。ましてやヒトの記憶から名前すら失われてしまったような存在にとっては、なおさらなのだ」

そういう話をするとき、ネリーの目は遠くをみていた。エリッサには想像もできないほど、ずっとずっと彼方を眺めているようだった。

不思議な人だ、と思った。

一度、歳を尋ねてみたところ、笑って「まだ若いつもりでね」という返事がきた。そのときの反応からして、三十歳前後といったところだろうか。どこぞの貴族の娘としても、いささか行き遅れだ。歳を答えないのも無理はないと思った。

「でも、エリッサ。本当に来た道を戻っていいのかい？　期限に遅れたら商会の信用に関わると、常々言っていたように思うが」

「いいわけが、ない」

エリッサは腰に手を当て、丁寧な口調をやめて憮然《ぶぜん》とする。

「でもね、ネリー。今回、失敗しても、馬車が無事で皆が生きていれば再起できる。商人で一番大切なのは損切りの覚悟よ。心で泣いて明日に気持ちを切り替えるの。それができない商人は、いつか必ず自滅する」

「なるほど、そういうことなら納得だ」

ネリーは喉の奥で笑い声を立てた。エリッサを嘲笑《あざわら》っているわけではなく、彼女の覚悟を褒めたのだとわかっていた。それでも腹が立つ。ぷくっと膨れてみせた。

「必要だとわかっていても、損切りは辛いの！　ああもうっ、癇癪を起こす自分にも嫌気が差すわ！　まるで子どもみたい！」

「なるほど、まるで、ね」

「何がいいたいのかしら」

エリッサは腰に手を当ててネリーを睨んだ。ネリーはにやりとしてみせる。

「そこまで自分を客観視できていれば上出来だ、と思ったまでさ。いやはや、君はいい王になるよ」

「王様なんて興味ない！　私が目指すのは一流の商人よ！」

ネリーはまた、愉快そうに笑う。気安い友人相手の笑いだった。


と、宿の外が騒がしくなった。

エリッサは胸騒ぎを覚え、ネリーに「静かにしていてね」と告げると窓際に向かう。

窓から顔だけ出して外の様子を窺った。

「見ない顔だな、どこから来た？　おい、お前ら、旅の商人か？」

使用人の男たちが、三人の大柄な男に絡まれていた。大柄な男たちはいずれも帯剣し、薄汚れた革鎧を身につけている。

「ずいぶんと身ぎれいじゃないか」

彼らがにやにや笑うと、不揃いで汚れた前歯がみえた。

山賊だ。奴らが来るのは明日という話だったはず。エリッサは宿の主人を振り返る。彼は眉をつり上げ、不快そうに鼻を鳴らした。

「お嬢ちゃんたち、さっさと裏口から逃げるんだ」

どうやら彼にとっても予想外だったようだ。まあ、相手も人である以上、必ず同じ周期で行動する保証などない。エリッサたちが不運だったという、ただそれだけのことである。

「使用人を見捨てるわけにはいきません。それに、外には商品が入った馬車もあります」

「あんな奴らに若い女が捕まったらどうなるか、わかっているだろう。いいから自分の命だけでも守るんだ」

想像力を働かせてしまい、エリッサは震えた。唇をきつく噛む。外で男の怒号がした。続いて、鈍い打撃音が響く。ふたたび窓から顔を出せば、使用人のひとりが大男に殴られ、地面に倒れるところであった。

彼が体格はいいものの争いごとはてんで駄目な人物であることを、エリッサはよく知っていた。殴られ、放心したように沈黙したあと、泥にまみれて泣きだしている。

いてもたってもいられず、エリッサは宿の主人の制止を振り切って宿の扉に向かっていた。ジョジーがまともであれば彼女に止められていただろう。

「お嬢様！」

間が悪く、彼女は泥酔して動きが緩慢であり、危機感を覚えていても身体がついていかなかった。伸ばされたジョジーの手をするりとかわし、エリッサは外に飛び出す。

ちょうど、山賊たちがもうひとりの使用人に対して拳を振り上げるところであった。

「やめなさい！　その人たちは、私の部下です！」

若い少女は、山賊たちの前にその身を晒《さら》した。男たちの視線が彼女のもとへ集まった。

「なんだ、この村にも若い女がいるじゃないか。隠していたのか？」

エリッサは倒れた使用人のもとへ駆け寄ってからようやく、自分がどれだけ周囲の視線を集めているか気づいた。後悔しても遅い。一瞬で腹をくくると、下卑《げび》た笑い声をあげる大男をきつく睨む。威嚇《いかく》のつもりがまったくの逆効果で、山賊たちの嘲笑《ちようしよう》がおおきくなった。

リムアリーシャ先生の言葉を思い出す。

「背を向けて逃げるのは一時の恥、しかし蛮勇《ばんゆう》は一生の後悔。そう心得なさい」

エリッサが護身術の教練で落第だったこともあり、彼女はことあるごとに言っていた。逃げることは勇気なき者の行いではない、脅威からの逃走こそもっとも勇気のある行いであると。最後に生きていれば勝ちなのだ。賢いとはそういうことなのだと。

それは市井の民にすぎぬ人々にとって金言であった。危機に立ち向かう勇気など騎士にでもくれてやればいい。民に必要なのは命を守るため危機から遠ざかる処世術《しよせいじゆつ》なのであるということだ。

——先生、ごめんなさい。

エリッサは内心で恩師に謝罪した。やはりリムアリーシャ先生は正しかったのだ。蛮勇をみせるくらいなら、金がなくても護衛を雇うか大規模な隊商の行列に加わるべきだった。自分は愚かな行いをした。その報いは我が身で贖《あがな》うことになるだろう。

山賊たちが太い手を伸ばしてくる。エリッサは下がろうとして、地面の小石に蹴躓《けつまず》き転倒した。小さく悲鳴をあげる。可愛らしい声に、男たちの下卑た笑い声が響く。

「お、お嬢様」

ふたりの使用人は震えて硬直していた。彼らの視線を感じて、エリッサは口を引き結び、虚勢を張って口汚く山賊たちを罵った。せめて自分が注目を浴びている間に彼らが逃げてくれればと思う。

しかし山賊たちには余計に嘲笑され、使用人たちは戸惑っているだけだった。エリッサの部下たちには逃げる勇気も、立ち向かう蛮勇もないのだ。まったく困った使用人だと苦笑いする。論理的ではないことだが、使用人たちが彼女を見捨てて逃げなかったことが少しだけ嬉しい。

山賊のひとりが転んだエリッサに近づく。エリッサは恐怖で身を縮こまらせた。

と、その視界が遮られる。

彼女と山賊たちの間に立つ者がいた。

エリッサよりさらに小柄な少女が、彼女を守るように山賊の前に立ち塞がったのである。桃色の髪を肩のあたりで切り揃えた少女だった。薪《たきぎ》を割るのに使うような小ぶりの斧の柄で、肩をとんとんと叩いている。

山賊たちも、エリッサも、使用人たちも、新たに現れた人物のありさまに動きが止まる。呆けたように口をおおきく開く。彼女ののんびりした調子が、まるでこの場の雰囲気にそぐわぬものだったからだ。

周囲の様子に、今度は斧を持った少女が小首をかしげた。

「どうしたの」

「おい、ガキ。怪我をしたくないなら玩具で遊んでないで、そこを退け」

山賊たちは、斧を玩具の類《たぐ》いであると判断したようだ。その斧にはふんだんに装飾が施され、まるで祭りの儀式に使うもののようであったからである。

おおかた、この村の子どもが神殿の倉庫あたりから持ち出したものと考えたのだろう。彼らは新しく現れた少女に対して凄んでみせる。幼すぎて、女としてもみられていない様子であった。

斧の少女が、エリッサを振り返る。

きょとんとした、とぼけた表情で、彼女の碧の瞳がエリッサを見つめる。

「問題、ある?」

「どういうことでしょうか」

「こいつら、あなたの仲間？」

エリッサは激しく首を横に振った。いったいどういう勘違いをすれば、そうなるのか。たしかに目の前の少女の奇妙な様子には、山賊たちと同時に呆けてしまったけれど。いや、そのせいなのか。

「わかった、じゃあ――」

「さっさと退け、ガキ！」

山賊のひとりが斧の少女に掴みかかる。次の瞬間、エリッサの目には、少女の姿が消えたようにみえた。

まばたきひとつの後には、その山賊の首が宙を舞っている。

小柄な少女は、首がない山賊の横にいた。

その手に握られていた小ぶりの斧が、いつの間にか彼女の身の丈よりも巨大になっていた。

小柄な少女は、その大斧をひと振りして首を刎ねたのである。

――斧が、変形した？

エリッサがそう気づいたときには、当人はすでに地面を蹴って、残るふたりの山賊に飛びかかっている。

「何だ、このガキ！」

大男のひとりが、慌てて剣を構えた。だがその剣を振るう間もなく、少女はたちどころに距離を詰め、この大男を縦に両断する。

息の根を止められた山賊たちの亡骸が、道ばたに転がった。

あっという間の出来事だった。エリッサは凄惨《せいさん》な現場を目の当たりにして、事態の変化に思考がついてこない。

†

残るひとりの山賊は、ひとり目の首が飛んだときにはもう、剣を捨て、背を向けて逃げ出していた。見事な逃げ足である。

とはいえ、逃がせば凄腕の斧使いの情報が峠の山賊一味に伝わってしまう。ふたりも殺した以上、下手をすれば残る全員でもって報復に来る恐れがあった。

小柄な少女もそれがわかっているのだろう。追いかけようとするが、大柄な大人と小柄な女では脚力に差がある。しかも少女は大斧をかついでいた。この追いかけっこはいささか分が悪い。みるみる差が開く。

そのときだった。半身を起こしたエリッサに、背後からもうひとり別の女が声をかけてくる。

「あの逃げる奴が最後か」

振り向けば、先ほどまで酒場のカウンターで杯を傾けていた女がいつの間にかそこにいて、堂々とした態度で逃げる山賊を見据えていた。

「ネリー？」

そういえば、彼女はいつも弓を幾重にも布で巻いて、背にかついでいた。それを用いているところはついぞみたことがなく、それどころか布を解いたこともなかった。もしや弓に似た楽器かと尋ねたこともある。彼女はにやりとしてみせただけだった。

その弓が、今、彼女の手の中にある。

ネリーは矢をつがえる。見事な弓の構えであった。弓に詳しくないエリッサでもひと目でわかる、熟練の技である。

彼女と腕と胸の筋肉がふくらみ、淀みない動作で弓弦《ゆみづる》が引き絞られる。

矢が放たれた。放物線を描いて飛んだ矢は、見事、逃げる山賊の後頭部を射貫く。山賊は悲鳴をあげて地面に転がり、幾度か痙攣《けいれん》したあと動かなくなった。

「しまった、つい殺してしまった。脚を射貫いて捕虜にするべきだったか。エリッサも使用人の受けた仕打ち、君自身への侮辱、さぞや許しがたいだろう。たっぷり痛めつけてやりたいだろう」

ネリーが、とぼけたことを言う。驚きのあまり固まってしまったエリッサであったが、その台詞でわれに返った。慌てて首を横に振る。

「報復とか、興味ないです」

立ち上がり、服の砂を払った。

「それより、ネリー。たいした弓の腕じゃないですか。どうして教えてくれなかったんですか」

「聞かれなかったからね」

弓を下ろし、ネリーは屈託なく笑う。

人を殺したばかりだというのに、その表情には何の陰もない。

修羅場に慣れた者の態度だ、とエリッサは思った。父が傭兵を雇っているところを何度もみていて、そういう者たちの雰囲気についてはある程度知っていた。今の目の前の女からは、それと同じ匂いがする。

——ついさっきまで、そんな気配はまったくなかった。

エリッサはネリーのことを、ずっとただの箱入りのお嬢様、自堕落《じだらく》で世間知らずな女だと判断していたのである。商人として、若いなりに相応の場数をこなしているはずのエリッサをもってしても、彼女の別の側面にまったく気づくことができなかった。

とても驚いた。

——それでも、ネリーはネリーです。

ネリーがみせる笑顔にだけは裏表を感じられない。エリッサは切り替えが早い人間だった。

現実を認め次の最適解を模索するのがよい商人であると信じていた。

「次からは、もう少し早く教えてください」

エリッサはそう言って、もうひとりの功労者に振り返る。

斧をかついだ少女が、ネリーの射貫いた男の懐を漁り財布をみつけて、戻ってくるところだった。彼女の斧が、いつの間にか元の大きさに戻っている。

「お金、山分けしよう？」

「さすがに、その金は受け取れませんよ。商人の信条に反します」

そのお金は完全に彼女たちの力で得たものだ。エリッサは助けられただけだった。不思議な斧使いの少女に対して首を横に振る。

†

斧使いの少女は、オルガと名乗った。

騎馬の民の生まれで、あてどもない旅の途中であるという。ジスタートでも東のはずれに住む騎馬の民が何故《なにゆえ》、南西の地であるライトメリッツのはずれにいるのか。こんな年頃の子どもが、どうしてひとりであてどもない旅に出たのか。

エリッサには聞きたいことが山ほどあったものの、オルガの口調から、大きさが変化する斧についても含めそのあたりを聞かれたくないと当たりをつけた。

　微妙な話題には触れず、助けてくれたことに対して丁重にお礼を言ったあと、「しばらくの間、私に護衛として雇われませんか。たいした金額は出せませんが、宿代と食事代はケチりません」と提案してみる。

「蒸留酒もつけますよ」

「強いお酒は、いらない」

「では食後の果物をつけましょう。このあたりですと干し葡萄《ぶどう》がおすすめですね」

　オルガはふむと考え込んだ。

「いつまで？」

「とりあえずの期限は、峠を越えて次の町まで、です」

　弓をしまったネリーが「おや」と口を出してくる。

「来た道を戻るのではなかったのかね」

「事情が変わりました。おふたりの腕があれば山賊のはびこる峠を越えることも可能ではないでしょうか」

「なるほど、このわれを利用しようということか」

「はい、ネリー。私に利用されてくれますか？」

　ネリーは呵々《かか》と笑った。とても愉快そうだった。

「存分に利用されてやろう。エリッサ、君とは本当に気が合うな」

うん、とエリッサはうなずく。知っていた。こういう人なのだ。さて、もうひとりの用心棒候補である斧使いの方であるが……。

「本当にわたしで、いいの？」

きょとんとしていた。

「オルガ、これはあなたの腕を見込んでのお願いです。おかしいですか？」

聞けば、本人は相応に腕に覚えがあるものの、その外見ゆえに隊商の護衛にはふさわしくない、とこれまでさんざん拒否されてきたとのことである。まあ、無理もない。エリッサだって、先ほどの実戦での動きをみなければためらったであろう。とはいえ……。

「見た目であれこれ言われるというのは、頭で理解しても腹が立つものです。オルガ、よく自棄にならず旅を続けましたね」

オルガはエリッサの外見をしげしげと眺め、なるほどと小声で呟いた。

「商人でも？」

「この肌の色だからこそ、他国の間諜《かんちょう》ではないかと疑われたこともあります。異国の人間になにがわかると罵られたこともあります。小娘だからと侮られたこともあります。もっとも、皆が私のことをすぐ覚えてくれるのは、商人にとっては都合のいいことです」

エリッサは故郷で恩師に教わった言葉と共に持論を語った。

オルガは黙ってそれを聞く。目がくるくる動いて、それが彼女がエリッサの言葉に興味を覚えていることを雄弁に語っていた。

「山賊との戦いは避けられません。うまくやり過ごすつもりもありません。必ず戦って貰います。それでもよければ、私に雇われて頂けませんか」

「わかった、エリッサに雇われる」

「報酬は、山賊たちの持つお金と、それで足りなければ装備を奪ってそれを売ることで賄うことになると思います。今回は山分けですよ。これは私が立案して私が囮《おとり》となる作戦ですから、お金を受け取ることも信条に反しません」

「あの手の奴らの有効な活用方法だな」

「ついでに、この村と交渉します。上手くいけば、山賊退治の報酬を貰うことができるかもしれません」

「駄目でもともと、だな」

ふたりとも乗り気のようで、なによりだった。エリッサは内心、安堵《あんど》の息をつく。羊皮紙《ようひし》に手早く契約事項を書き留めていった。

「しかし山賊退治など、およそ商人が考えるようなことじゃない気がするね。先ほどまでの君でも、そんなことは考えていなかったようにみえる。われとオルガの力をそれほど振りまわしたくなったのかな。それとも時代の変化か」

「時代って……ネリーはときどき、意味がわからないことを言いますね。ひとつ訂正しますと、世の行商人は、みんなこの世のすべての山賊を滅ぼしたいと思っているのですよ。自分の被《こう》る《む》損害を勘案して泣く泣く諦めるだけです」

たいていの商人は同じくらい徴税官や役人も死滅させたいと企んでいるが、それは言わぬが花である。

「といっても、うちの使用人をあまり危険に晒したくはありません。明日、全員で山を登るのはナシでお願いしたいところです」

「われとオルガが先行して、すべて倒してしまえばいいのではないか」

「山賊一味の人数がわかりませんし、半端に逃がすと禍根《かこん》を残します。商人は恨まれることを恐れるのですよ。故に、一網打尽と行きたいところです」

山賊の人数については宿の主人に山賊たちがどれだけの食料を買っていくのか尋ねれば、ある程度判明するだろう。

たった三人で買い出しに訪れたところから判断するに、たいした人数ではないと考えられた。不用意に村から略奪しないのも、自分たちの絶対の優位を確信しているわけではないからだ。ならば、やりようはある。

エリッサは、ふたりの用心棒に己の考えを語って聞かせた。

「君は商人より傭兵隊長の方が向いているのではないか」

「私、暴力は苦手なんです。必要とあらば適切な暴力の投入にためらいがないだけです」

「それこそ暴力の本質だよ。軍や傭兵隊において必要なときを見極める目がない上司ほど、厄介なものはない」

オルガがこてんと首を横に傾ける。

「そうなの？」

「そうなのだ。傭兵も軍も、投入すれば必ず消耗する。手塩にかけて育てた兵が失われるのは悲しいものだ。とはいえそれは必ず起きることだし、だからといってそれを恐れて戦いを厭うては本末転倒である。肝要なのは、押すか引くか、その線を的確に見抜くことなのだが……これがなかなか難しい」

オルガは感心した様子で首を上下に振っていた。妙なところに食いつく子だな、とエリッサは不思議に思う。彼女はどうやら、上に立つものの心得や心構えといったものに興味を惹《ひ》かれている様子であった。その身には、ひどく不釣り合いに感じる。

それにしても、ネリーの語る軍事力の要諦は、いったい何なのだろう。彼女は実は、どこかの領主の娘なのだろうか。ひょっとしたら、戦姫？　いやまさかと首を振り、エリッサは己の他愛のない妄想を打ち消す。

「作戦について提案がありますか？」

「いや、特にないな。われが次に軍隊を指揮するときが来たら、エリッサ、君を参謀に呼びたいくらいだ」

「あいにくと、私は一介の商人として生きることを望んでいます」

「その欲のないところが特に気に入っている」

欲がないだろうか？　エリッサは首をひねった。自分としては、商人としてのし上がることは相応に壮大な野望のつもりであるのだが。どうも彼女とはみえている世界が違う気がする。だからこそ、彼女との会話は面白い。

「では、それでいこうじゃないか」

村長との交渉の結果、山賊を全員退治すれば報奨金が出ることになった。

決行は翌日である。

†

峠の狭い道を二頭立ての馬車が行く。御者も徒歩の護衛も、若い娘であった。護衛のひとりは小ぶりの斧をかついだ小娘で、もうひとりは弓手の若い女だ。

「うまそうな獲物だぜ」

山賊の頭《かしら》は高台の上から道を見下ろし、舌舐めずりした。部下を振り返る。

全部で六人。頭である彼自身を入れて七人が、ここにいる戦力のすべてだ。

昨日、村へやった三人が帰ってきていない。ひょっとしたら金を持って逃げたのかもしれない。あの程度の小銭ではそう何日もたたずすっからかんになるだろうに、浅慮《せんりょ》も甚《はなは》だしい。

——まあ、いいさ。無駄飯食らいが減って、かえって分け前が増えるってもんだ。

たった十人の山賊団を維持するのも楽ではないのだ。七人なら、分け前も多くなる。頭の自分だって、この境遇から逃げられるなら、そうしたいのだ。

しないのには、理由がある。

頭である彼を含め、この地で山賊を営む者の大半は脱走兵だった。

　ジスタート人が大半であるものの、ブリューヌの者もいる。事情はさまざまだが、戦友を見捨てた卑怯者を故郷は受け入れてくれないだろう。山賊から足を洗ったところで、この先も一生、表の道は歩けない。

身元の保証がなければ、都市部でまともな仕事につくことなど不可能であった。

傭兵という道もあるが、その場合、いつ過去が追いかけてくるかわかったものではない。ならばこうして細々と略奪にいそしむ方がまだマシというものである。

「公国軍はまだ来ない。来る前に、さっさと逃げる。そのためにも稼げるときに稼いでおかないとなあ」

そこに現れた、女ばかりの隊商。これを食らわんとして、なんとする。

「馬も女も、すべて生け捕りだ。なるべく傷つけるなよ」

だから、欲が出た。仮に相手に男がひとりでもいたなら、まず無力化することを優先しただろう。山賊稼業は過酷だ、ちょっとした傷でも死に至ることがある。

しかし、相手が女だけなら、と考えてしまった。

油断だ。相手を舐めてしまった。まさか、相手がそこまで考えて女ばかりで峠越えを試みたとは想像すらしない。

あまつさえ、こちら以上に相手を舐め腐っているなどとは。

「かかれ！」

頭の命令で、山賊たちは怒号と共に峠の馬車へ襲いかかる。急な斜面を駆け下りて、一気に距離を詰めた。

「山賊だ！　いっぱいいる、気をつけろ！」

こちらに気づいた女の弓手が仲間に警告の声をあげた。いささか芝居がかった口調のように思えたが、気のせいだろう。

女の射手は駆け下りてくる男たちに向けて、たて続けに矢を放つ。だがよほど慌てていたのか、それらはすべて、見当違いの方向に飛んでいった。

「へたくそめ！　びびってるぞ！」

「そこで待ってろ、さっさと組み伏せてやるからな！」

部下のうち先に駆けだしていた三人が、下卑た笑い声をあげて、まず弱みをみせた弓手の方に殺到する。斧持ちは弓手をかばうような動きをみせず、御者の方に駆け寄っていた。御者が主人で、そちらを守ろうというのか。

そちらにも三人が向かっている。馬を止めてしまえば、相手は逃げる方法がなくなる。

ただでさえ数で圧倒しているのだ、無力化は簡単に思えた。

弓手の女の、にやりとした表情をみなければ。

「こいつ――っ」

山賊の頭は、背筋に冷たいものが走る感覚を覚えた。彼が恥も外聞もなく逃げ出した戦場で、覚えたものと同じだ。戦の後で聞いた話だと、彼の部隊はほぼ全滅であったらしい。包囲され、前に進むことも後ろに下がることもできず、なぶり殺しにされたそうだ。

あのときは、即座に身を翻して逃げた。自分はただの下っ端で、何も考えなくてよかった。故に、自分の直感に従って動くことができたのである。

――部下に、ぶざまな姿をみられるわけには……。

今回は違った。一瞬、ためらった。部下のことを考えてしまったからだ。頭である以上、自分のこと以外にも思考を巡らさざるを得ない。常に、まず部下をみてから動くことを覚えてしまった。その癖が、身体に染みついてしまった。

わずかな躊躇《ちゅうちょ》の間に、部下たちが弓手の女との距離を詰めている。

「侮ってくれて、ありがとう」

女が、そう告げた。

「たった三人なら簡単さ」

彼女の声は妙によく通って、少し離れていた山賊の頭のもとに届いた。

珍妙な言葉に思えた。言葉の意味を考える間もなく、弓手の女は矢筒から三本の矢を引き抜き、三本ともまとめて放つ。

適当に弓弦を引いたとしか思えないその動きであったが、彼女に向かっていた山賊たちの悲鳴がたて続けに響いた。仰向けに倒れた男たちの額には、いずれも矢が突き立っている。正確に脳天を射貫いていた。

「は？」

山賊の頭は、あまりにも異常な事態に足を止めた。おおきく口を開く。

ほぼ同時に、小ぶりの斧を持った少女が動いた。低い姿勢で地面を蹴ると、自身に向かってくる山賊たちの胸もとに自ら飛び込んでいく。

少女の斧が一瞬で巨大になる。山賊たちは目を疑うように顔を見合わせる。

その隙を突き、彼女はその身の丈よりも大きな斧をなぎ払った。血しぶきが舞い、男たちの悲鳴が峠にこだました。斧によって胴を切り裂かれた山賊たちが道に転がる。

「あ、しまった。鎧ごとやっちゃった」

殺戮の直後、少女はそんな、とぼけたことを呟く。

ようやく、山賊の頭は理解した。

自分たちは誘い込まれたのだ。おそらく最初の見当外れなところに飛んだ矢も、誘いのひとつだったのだろう。作戦などいらぬ、ただ蹂躙《じゅうりん》すればいいのだと思わせるための餌である。

彼らはそれにひっかかった。襲ってはならぬ獲物を襲ってしまった。

ひょっとして、と今更ながら山賊の頭は考える。

「昨日から帰って来てない部下は、こいつらにやられたのか……？」

次の瞬間、弓手の女の放った矢が山賊の頭の額を撃ち抜いた。

†

襲いかかってきた山賊をことごとく仕留め、死体の装備と荷物を剥ぎとって遺体を埋葬した後、エリッサたちは馬車を反転させて元の方角へ峠を下りた。

村に残していった使用人三人を回収するためだ。彼らを置いてきたのは、山賊たちとの戦いで危険が及ばぬようにと考えてのことである。

無論、この作戦を打ち明けたとき、使用人たちからはたいへんな反対を受けた。エリッサは囮としても御者としても峠に赴くというのだから、余計に反対はおおきかった。

「お嬢様が率先して危険を冒してどうするのですか」

「逆です、ジョジー。商会の主である私が危険を冒さないで、誰がついてくるのですか」

エリッサとしてはその主張を押し通した。女三人、というのがもっとも山賊に警戒されない構成であろうし、ネリーもオルガも、護衛対象が少ないほど守るのが楽になる。数で劣勢なら、なおさらのことだ。

おかげで山賊退治は最高の結果に終わった。

村の入り口でそわそわしながら待っていた使用人たちは、戻ってきた馬車が視界に現れるなり息を切らせて駆け寄ってきた。

「ただいま。私は傷ひとつありませんよ。すべてネリーとオルガがやってくれました」

そう報告したものの、ジョジーは「本当によかったです、お嬢様」と泣いて抱きついてくるし、男ふたりは「とても心配したんですよ」とおろおろしていた。

「たいそう慕《した》われているじゃないか」

ネリーが笑う。先ほど四人の山賊の脳天をたて続けに射貫いたとは思えぬ、屈託のない笑いだった。あの場面を実際にみたエリッサでなければ、なんと能天気な人物だろうと思ってしまうに違いない。

だがエリッサは彼女のおそるべき弓の腕を知っている。戦場でいささかも動じぬ、それどころか笑って人を殺すことができる胆力も。彼女の緩い態度は、その圧倒的な実力に裏打ちされた自信から来るものなのであろう。

「人を惹きつける力」

もうひとり、オルガと名乗った斧使いの少女はそう呟き、使用人たちに心配されるエリッサを熱心にみつめていた。

こちらは口数が少ないものの、どうやら人徳とか上に立つ者の覚悟とか、そういったものに関心を抱いている様子である。何らかの事情があるのだろうが、いささか深刻にみえるそれは昨日、今日で聞き出せるものではない。

ともかく。

「これで障害はとり除かれました。この村でもう一泊して、明日は皆で峠を越えます」

宿の主人が「こいつと宿泊費はおごりにしてやるよ」と葡萄酒を樽ごと持ってきた。

「厄介な奴らを退治してくれた礼だ。さっき村長が持ってきてね。村の総意と思ってくれ」

「でしたら、山賊たちの剣や鎧をこの村で買ってくれませんか。武具は、あって困らないでしょう」

「ちゃっかりしているな！　交渉は村長としてくれ、あとで、お礼の金を持ってまた来るって言ってたから」

どうやら山賊退治の報奨金は無事に支払われるようだ。

実際のところ、これまで山賊が始末した旅人の持ち物を売却する経路がこの村にはあるのではないか、とエリッサは睨んでいた。村と山賊たちが、擬似的な共生関係にある可能性だ。

もっとも、宿の主人がエリッサ商会に警告してくれたということは、それはよほど不本意な関係であったのだろう。

村の者たちとて、いつまでも峠が封鎖されたままでは困るのだ。武力を背景に村に共生関係を強制させていた山賊たちだが、それは極めて不安定なものであったに違いない。いずれにしても、公国が討伐隊を出せばその時点で終了するような脆《もろ》い共生である。

エリッサは自ら皆に葡萄酒を注ぎ、杯を高く掲げた。

「ともあれ、山賊退治は大成功です。この村とエリッサ商会の未来に、そしてネリーとオルガの旅に――乾杯！」

「お嬢様、今日は呑みますよ！」

ジョジーはさっそく一杯目を飲み干すと樽から二杯目の葡萄酒を酌《く》み、中身をあおりはじめる。まだ日は高いというのに、結構なことだ。

「昨日もさんざん呑んだでしょうに」

エリッサはため息をついた。

「明日は早いのですから、ほどほどに。二日酔いがひどかったら置いていきますからね」

一応、そう釘を刺しておく。

†

翌日、朝早く。

エリッサ商会の四名と護衛二名は改めて村を発ち、峠に向かった。幸いにして空は晴天。微風。旅は順調に進み、一日で峠を越えた。

楽しい旅だった。

エリッサは御者をジョジーたちに任せ、ふたりの護衛と共に歩いて峠を越えた。ネリーもオルガもエリッサの話を聞きたがった。若い少女が、小さいなりとも商会の主として旅をするとはどういう経緯であったのかと。

褐色の肌から察するに生粋のジスタート人ではない、と察してもいるだろう。

特に隠すことでもなかった。

「私の両親は、カル＝ハダシュトから逃げてきたんです」

「カル＝ハダシュト？」

「大陸の南西にある大きな島国だね。海を越えた先の南大陸にも領土を持っていたはずだ。ずっと昔、南大陸の東方から勇敢な民が船で西に向かった。彼らが辿り着いた先が、その島だったんだ。彼らは新たなるハダシュト、とその島を名づけた」

その地名に対してオルガは首をかしげ、ネリーは当然のように遠方の地の地理とその成り立ちを披露した。

エリッサはうなずき、両親がもともとはカル＝ハダシュトの商人であったこと、かの地で政争があってジスタートに逃げ延びたこと、そして両親がこの地で商人として再起し、そこそこの成功は収めたものの病に倒れ亡くなった次第を語った。

「ご両親は激動の人生だったようだ」

「でも、私は楽しかったんですよ。父も母も、私に人生を楽しめと教えました。私は両親の教えを忠実に守ろうと思っています」

エリッサは懐から一枚の金貨をとり出してネリーとオルガにみせた。

「両親の形見です。カル＝ハダシュトの金貨は、ジスタートのものより価値が高いのですよ」

「金の含有率が高いのだろう。南大陸に大きな金鉱山を抱えているはずだからね。この数百年で鉱脈が尽きていなければ、の話だが」

峠を越えたあとも街道の勾配は激しかったが、並んで話をしながら歩いていれば、いっこうに疲れも感じなかった。

「幸いにして、私は商人に向いていたみたいです。両親の残してくれた知己を頼り、細々とした取り引きから開始しました。今では、僅かなりとも蓄えを得られました。ライトメリッツの公都にお店を構えるまで、もうすぐなんです」

「君の商会は、どんな商品を扱っているんだい」

「いろいろです。何でも扱いますけど……一番力を入れているのはお互いの需要をすり合わせることですね」

　ネリーはにやりとする。

「需要のすり合わせ、か。面白いところに目をつけたね」

「行商人としていくつかの村をまわって、気づいたんです。いくつかの村では、その村だけの特産品がありました。たとえば、ある村でだけ栽培している干し茸《ほしきのこ》を公都の有名料理店に持っていったら料理長さんがとても喜んでくれて、安定供給の目処《めど》が立ったら正式なメニューに追加するという話でした」

「公都の相応の料理店ともなれば、消費の量は他とは桁違いだろうから、当然だね」

「でもそのためには、公都に商会があると便利だって言われました」

「なるほど、あと必要なのは信用だということか。君が店を構えたいと願う気持ちが理解できたよ」

「信用の話、わかるんですね。そういうことです」

　エリッサとネリーの間でそんな話をしていると、オルガが小首をかしげる。

「信用って、どういうこと？」

「根無し草の行商人なんて、次にいつ来るかわかりませんよね。その言葉だってどこまで本当かわからないし、真実を担保するものもありません。嘘をついてお金をだまし取っても、失うものなんて何もないんです」

エリッサは商会を立ち上げたばかりの頃を思い出す。

最初は見向きもされなかった。それでも父の知り合いなどから地道に仕事を貰い、細かい取り引きを積み重ねてきた。彼女の場合はまったくの無から始めたわけではかったが、父と母は異国から来てひとりの知己もいないところから商売を始めたという。

両親の当時の苦労が、今ではよく理解できる。

「ですが、公都にお店を構えるということは、相応に失うものができるということです。お金だけじゃなくて、土地を貸してくれる人もいるということ。後ろ盾があるってことです。私の場合、子どものころの恩師が公都で偉い人のお手伝いをしていて……その辺りを目一杯、利用するつもりです」

「他の人を利用……する？」

「人との繋がりこそ商人の強みです。もっと言ってしまえば、オルガたち武人がその腕ひとつで生きることができるように、人と人との関係性、結びつきの多様さこそ私たち、市井の人々の武器なんです」

「繋がり、結びつき……」

その言葉にどこまで得心したのか、オルガは口もとに手を当て考え込んでしまった。ネリーは歩きながら思索に入った彼女を温かい目で見守っている。どうもネリーは、オルガの事情をある程度、理解しているように思えた。

それを口に出さないということは、きっとエリッサが知らなくてもいいこと、あるいは知らない方がいいようなことなのだろう。

余人には踏み込まぬ方がいい話題もある。

ことにネリーとオルガは、素人目にもよくわかる、武術の達人である。そんな人物がこのような辺境を旅しているからには、相応の事情があるに違いなかった。

やがてオルガが顔をあげる。

「エリッサ、教えて。繋がりをつくるためには、どうしたらいい？」

「私の場合は、父と母の背中をみて育ちましたから、あまり偉そうなことは言えません。ただ、基本的には体当たりですね。初めての相手にも恐れずぶつかっていくんです」

「ぶつかっていく……」

「もちろん、それで自分が傷つくこともあります。命が危うくなるようなこともありました。今までこうして無事でいられたのは、私が幸運だっただけかもしれません」

「エリッサは……」

オルガは戸惑うように視線を彷徨《さまよ》わせる。彼女の迷いの理由をエリッサは知らない。それでも、彼女が苦悩の末、旅に出て何かを探していることだけはわかった。だから、彼女の迷いに対して真摯《しんし》に応えたかった。短い間であっても、友となったのだから。

「傷つくのが、怖くなかったの？」

オルガはぽつりとこぼした。

「怖かったですよ。今でも怖いです」

エリッサは、先日、山賊の前に飛び出してしまったときのことを思い出し、身震いした。あれは本当に馬鹿なことをしたものだと思う。

「だからって、傷つくことを恐れていたら何もできなかったと思います。父も母も、私が商人にならないなら適当な嫁入り先をみつけてくれたでしょう。私は、そうしたくなかった。自分の手で自分の人生を掴み取りたかったんです。そのための危険は受け入れる覚悟でした。たとえ道半ばで倒れるとしても、前のめりでありたかった」

「だから、使用人を守るために、山賊の前に飛び出した？」

「あれは忘れてください。ただの勇み足です。何の勝算もありませんでした。気づいたら飛び出していました。きっとあれは誰がみても悪手で、誰からも怒られるよくない行為です。ジョジーにもさんざんに叱られましたし」

「それは違うよ」

ネリーが口を出す。

「エリッサがああして飛び出したからこそ、われは君たちを助けようと思ったんだ」

「試されていたんですか、私」

エリッサは目をしばたたかせた。

「そういうわけではないんだけれど……気を悪くしたかい？」

「少し複雑ですね。試されていたことは別にいいんですけど、あれは私の知る商人としての心得からするとひどく非合理な行動でしたから。私たちには無謀な勇気なんて必要ないんです。だから、それを評価されると困惑してしまいます」

「その非合理に魅せられる者もいる、というだけのことだよ。オルガ、君はどう思った？」

ネリーはまた思索にふけろうとしていた斧使いの少女に水を向ける。オルガは少し考えたすえ、こう告げた。

「綺麗だと思った」

「綺麗、ですか？　私は確かに、そこそこ美人だと自覚していますが」

そうではない、とオルガは首を横に振る。

「とっさに出たものが、己の真価ということ。わたしを育てた人たちの……ことわざの、ひとつ」

そういえば、彼女は騎馬の民の出であったか。エリッサはジスタートのあちこちを旅してきた。時には他国にも足を踏み入れた。草原地方の遊牧民と取り引きしたこともあるし、彼らについて多少の知識はある。

彼ら遊牧民は、めったに己の領域から外に出ない。同じジスタート人といっても、遊牧民と定住民とは、その思考の様式からして違う。

――だからこそ、なんでしょうか。

エリッサは気づく。オルガの迷いとは、民族の習慣の差異によるものなのだろうか。遊牧民が定住民の領域に足を踏み入れたが故の文化の違いに戸惑っているということなのだろうか。

「はい、オルガ。確かにあのとき、とっさに飛び出してしまったことが、善くも悪くも私の本質なのかもしれませんね」

「わたしは、善いと思った」

「誰かにとって善いものが、誰かにとって悪いものであること。旅をしていればよく、そういう場面に出会います。だから私たち商人は、何かを一面で切りとることが拙速かつ悪手であると理解しています」

「お互いに……ぶつかったら、どうするの」

「よく話し合って価値観のすりあわせを行う、というのが最善でしょう。ですがたいていの場合は、もっと簡単な解決方法に頼ることとなります」

「簡単な方法？」

「どちらかが離れて、二度とそこには立ち入らぬことです。行商人にとって、それは容易く、そして価値ある選択なのです。商人の用語で、損切り。関わらぬことが、互いにとってもっとも価値の高い選択であることは多々あるのですから」

それはオルガにとって、あまり魅力的な提案ではなかったようだ。渋面をつくると黙ってしまった。ネリーが笑う。

「商人は武力に頼れないからね。武力があれば、それで相手に言うことを聞かせるという選択をとることができる。たいていの場合、権力者にとってはもっとも容易い方法だ」

「領地を治めるとは、そういうことですからね。故に商人は権力者のことをよく観察しています。横暴《おうぼう》な権力者が治める領地にはなるべく立ち入らないのが処世術でしょう。幸いにして、ジスタートにおける各公国では、どこも長年にわたって穏当な支配が行われております。これらをまわっている限りにおいては、そう理不尽な仕打ちを受けることはありません」

「そうなの？　公国は、どこも？　どうして？」

オルガは、今度はやけに食いついてきた。今の言葉のどこが琴線に触れたのだろう。

「どうしてか、と言われても商人の私にはわかりかねます。ただ、あちこち見てまわった限りでは……そうですね、まず公国の民とそれ以外の領地の民では、神殿の教導室で学ぶ子どもの目つきが違います。公国の子どもは勉学に熱心です」

「なぜ？」

「これは私も公国の生まれで、神殿の教導室で学んだから当然と思っていたのですが、ジスタートには平民が出世できる地とできない地があるということです。貴族が支配している土地においては、貴族と平民で絶対の身分の差があります。ですが公国においては、そうではありません。公主たる戦姫様の下にいるのは一代限りの騎士と、平民から取り立てられた官吏だけなのですよ」

オルガもひととおりの仕組みは知っているのだろう、ところどころでうなずいていた。エリッサは話を続ける。

「公国の子が立身出世するためにはふたつの道が開けています。剣の腕を磨いて騎士になるか、勉学に励むことで官吏となるか、です。剣の腕を磨く道より勉学に励む方がお金もかからず比較的平等といえるでしょう」

騎士であれば、まず剣術と馬術を収めなければならない。一代限りと言っても、親が騎士の子がまた騎士になることが多い。裕福な商人の三男坊、四男坊が騎士を目指すという話はたまに聞くが、それは例外だろう。

対して官吏への道の場合、神殿の教導室で才覚を示せば教師や神官が推薦状を書いてくれることもある。

実際のところ、エリッサは教導室において充分な成績を収めていた。希望するなら官吏となることも可能だと言われていた。その道を選ばず商人となることを決めたのはエリッサ自身の夢のためだが、机を並べた子のなかには官吏の道を選んだ者も多かった。

「興味深い制度だね。そもそも公国の身分制度について詳しく聞かせてくれるかな」

ネリーも話に惹かれたのか身を乗り出す。

「君たちは当然と思っているだろうが、諸国を旅したわれが鑑みるに、ジスタートの各公国はだいぶ特殊な体制だよ」

「でしょうね。私も行商人を始めるまで知りませんでした。この制度が優れているかどうかはわかりません。ですが現状、どの公国も安定している、ということは、ある程度の推測が可能でしょう」

そう前置きして、エリッサは簡単に公国の制度について語った。

まず各公国のいちばん上にいるのが、公主たる戦姫だ。

「戦姫様は王様がそれに相応しい人を任命します。先代の戦姫様の子であることもありますし、一介の傭兵を選ぶこともあります。その基準は、我々にはわかりません。ですがいずれの戦姫様も、それに相応しい力と知恵でもって公国を治めておられます」

オルガが少し困った顔で首を振ったのが気になるものの、エリッサは続ける。

「具体的に公国を動かすのは、戦姫様に任じられた騎士と官吏です。戦姫様が不在の間は、王様がこれらの任命を代替します。あるいは官吏のいちばん上に座る方が名代として一時騎士と一時官吏を任命し、これらはたいていの場合、後に戦姫様あるいは王様によって追認されます。戦姫様が遠征される場合、戦姫様が信頼する者の中から公主代理《アドワール》が任じられ、公主代理は公主とほぼ同等の権限を持ちます」

エリッサは教導室で学んだことをすらすらと語ってみせる。

「先にも言った通り、官吏と騎士は一代限りです」

この点が貴族の収める領地との最大の違いだとエリッサは思っている。

「官吏は行政を担い、町や村に代官《ポザードニク》を送り込みます。町や村を治めるのは、代官とその下の役人です。騎士は軍務につきます。戦姫様は両者を統括しますが、騎士を町や村に常駐させ、命令権を代官に譲渡することが慣習になっています」

もっとも先の村には兵力と呼べるような者がいなかったように、すべての町や村に騎士が常駐できるわけではない。その大半は戦略上の要衝であるいくつかの町に振り分けられている。そういった町の代官には、官吏でも特別に優秀な者が派遣されるという。

「官吏人事はおおむね適正な試験によって点数がつけられ、それに基づいて行われますが、戦姫様による抜擢は常に優先されます。官吏になるためには毎年夏に行われる試験に合格するか、神殿の教導室からの推薦を得ることが必要となります」

「つまりこの地においては、神殿が特定の人物を官吏に送り込むことが可能というわけだね」

「可能ですし、実際に神殿派閥というものが存在しますよ。私が聞いた話ですと、ライトメリッツの官吏内派閥はおおきくわけて三つあり、そのうちのひとつにして最有力派閥が神殿派です。戦姫様といえども、神殿の声を無視して政務を続けるわけにはいきません」

もっとも、ジスタートにおいて七人の戦姫とは、信仰の中核にある存在だ。神殿の上層部とて、戦姫に対して強く出ることはできない。

「故にジスタートの各公国においては小さな村でも神殿がありますし、神官が駐在しています。

おかげでそれぞれの町、それぞれの村で教導室が開かれています。寄進こそ必要ですが、おおむね幅広い人材が教育を受け、そうした中で才覚を表した者が官吏として中央に送り込まれるという循環が成り立っているわけです」

「神殿組織が教育を担保しているからこそ、公主もそれを無碍にはしないというわけか。そして神殿が戦姫をよく敬っているから、上下関係が逆転することはない。この地において大規模に官吏の底上げができる組織は神殿だけだ。現在のところ、おおむねそれで都合よくまわっているのだね」

「ネリー、ちょっと聞いただけでそこまでわかるものですか」

「不思議だったのだよ。戦姫の座が空白の期間も政治が混乱しない、この公国制度というものがどうして何百年も続くのかとね。エリッサの話で得心がいったというものだ」

「ええ。公主である戦姫様がいらっしゃっても、いらっしゃらなくても領地を運営できるこの制度が優秀なのは間違いありません」

　属人性の強い制度は、頂点が優秀であるときはいいが、世代交代によって簡単に腐敗する。そういう意味で、三百年に渡って存続している現在のジスタートの体制は、相応に優秀なのであろう。

　少なくともエリッサの父はかつて、そう評価していた。国の外から来た者だけが持てる、外からみた視点である。

「つまり……戦姫は、いらない？」

「そこまでは言いません。戦姫様が長くいらっしゃらなければ、神殿はいずれ腐敗し、暴走を始める可能性があります。先のアスヴァール軍との戦いにおいては戦姫様の個人の戦いが勝敗を決したという話ですし……。敵軍は竜を使役していたという噂もあります。竜を相手にできるのは戦姫様だけでしょう」

「戦うことだけが、戦姫の意味ということ？」

「そういうわけではありませんが……」

返答に困って、エリッサは目線でネリーの助力を仰いだ。赤い髪の女は腕組みし、首をひねる。

「竜くらい、われが退治してくれようさ」

「ネリー、そういうのいいですから」

エリッサに戯言を両断され、ネリーは不貞腐れたように口を尖らせた。ため息をつき、真面目に語り始める。

「オルガよ、武力と政治力は、そのどちらかが欠けていても国を傾けよう。だがどちらかといえば、武力があってこその政治という面が強い。このジスタートの地において、七人の戦姫に七つの公国が与えられているのは、建国の経緯もあろうが、武力にはしかるべき敬意を払うという当然の考え方が長年にわたり周知されてきたからというのもあるのではないだろうか。無論、先ほどエリッサが語ったそれを支える制度、仕組みというものが非常に強固なことは疑いないが……。もっともそれ故、この国は硬直化し、内部からの害意の浸透に対して弱かった。いや、これは余談だな」

ネリーの言葉の後半は少し気になったが、それよりも彼女の言葉を熱心に聞くオルガの方にエリッサは注意を寄せられた。どうして自分たちは、こうも熱心に雲の上の人々に関する話をしているのだろう。それも、旅の最中に。

「制度とは所詮、器に過ぎない。エリッサが語ったこの国の官吏制度は実にユニークで興味深いものだが、組織には人という中身が必要だ。制度という器だけでも、人という中身だけでも意味はないのだよ。だから、この国がどうして上手くまわっているのかと一言で語るとすれば……」

「すれば？」

「われには、さっぱりわからぬ」

ネリーは胸を張り、自信満々に告げた。彼女を見るオルガの視線が冷たくなる。

「あえて言えば、先ほども神殿の話でも出ていた言葉だが……信仰、なのだろうな」

「それは始祖様への？　それとも神々への？」

「それらを含めた、この地の人々が奉じる目に見えない規定、存在のありかたといったものに対する強固な信仰だ。この地で生まれ育ったわけではないわれには、それがいまひとつ理解できない。故に、どうしてこの国が上手くいっているかわからぬと答えたのだ」

そういえば、とエリッサは今更のように思い出す。彼女は流暢《りゅうちょう》にジスタートの言葉を話すが、この地における常識的なことをあまり知らないようだった。悪徳商人にぼったくられようとしていたのも、そのひとつである。

ここにいる三人は、それぞれジスタートの社会のありかたと向き合って、三者三様の反応を示してきた。もっとも上手く適合しているのが、外見上はこの国の民に見えないエリッサであるというのは皮肉な事実だ。もっとも彼女とて、一朝一夕《いっちょういっせき》にそれを成したわけではない。

「目に見えない規定……信仰……。でも騎馬の民は、遊牧民は、その枠の外」

エリッサは当然のように神殿の教導室の話をしていたが、聞けばオルガのいた部族にはそうした教育制度もなかったようだ。無論、家庭で最低限の知識は学んだだろうが、自分の名前や数の数え方がせいぜいで、遊牧民の生活に不要なものは最低限であったとのことである。

「そんなわたしが、この制度に……」

「なるほど、君の憂慮《ゆうりょ》とはつまり、そこなのだな。社会性の違いという壁にぶつかり、悩んでしまったか。よく悩め。安易に答えを出す必要はない。われの言葉やエリッサの言葉も、意見のひとつに過ぎぬと思え。目の前の正解にすぐ飛びつくことが、必ずしも正しいとは限らないのだから」

「正解が、正しくない？」

「悩むということは、己の中にぼんやりとした正しさの形があるのだろう？　それが、他者から貰った言葉と一致せぬからこそ、迷う。違うか？」

オルガは呻《うめ》き声《ごえ》をあげた。思い当たる節があるようだ。

「他者の正しさは、君の納得を担保しない。君が迷うのは、君が心から納得していないからだ。故に導き出される答えは、こうなる。君に必要なのは、君の中の正しさをはっきりとみつけることなのだろう、とね」

言葉にすれば簡単なことだった。しかしそれを実行するとなると、これは難しいかもしれないとエリッサは思う。エリッサ自身だって、自分のことをすべて自分の言葉で語ることなどできない。

「オルガよ、それは難しいことかもしれないが、今の君にとって何よりも必要なことなのだろう。われわれは君の持つ迷いが悪いことだとは思わないよ。人は納得のために生き、納得のために死ぬ。迷いの末に己の生涯に意味をみつけることができるなら、たとえ志半ばで倒れたとしても、それは幸せな人生であったのだろう」

ネリーはエリッサの方を向く。

「エリッサ、君は使用人を守るため、無謀にも山賊の前に飛び出した。あのとき君自身が新しい君をみつけたのだ」

「あのときは無我夢中で、私、めちゃくちゃ後悔しましたよ」

「しかし飛び出さなければ、君はなんども後悔しただろうし、そのことを生涯、引きずったのではないかな」

エリッサは少し考えた。

「どうでしょうか」

別の選択をした場合、どうなったのであろうか。もちろんオルガとネリーの助力がなかった場合である。

きっとエリッサとジョジーは無事に逃げ延びることができただろう。でも男の使用人ふたりはどうなったかわからない。荷物はすべて山賊に奪われた。

それでもエリッサは、商人として再起しただろう。しかし見捨てた使用人たちの信頼は戻らなかっただろうし、エリッサ自身の心は……。

ああ、とため息をつく。

「そうですね。ネリー、あなたのいう通りだと思います。私はきっと、私自身を許せなかったでしょう」

エリッサは笑ってみせた。ジョジーには叱られたし自分でも馬鹿なことだと思う。そんなことでは長生きできない。それでも、何度頭の中であの場面を振り返っても、あの馬鹿なこと以外にやるべきことは見いだせなかった。

「それが己の中の正しさというやつさ」

ネリーの口調には、なぜだかエリッサに対する羨望のような気持ちが感じられて、それが少しだけ嬉しかった。きっと、彼女の言葉の中には信頼の念もあったからだ。

それはつまり、エリッサが彼女に認められたかったということなのだろう。

†

エリッサ商会の馬車が目的地である山間の町イローリに到着したのは、それから三日後のことである。

幸いにしてずっと天気もよく、快適な旅だった。

のんびりした日々は、そこまでだった。町に近づくにつれ、すれ違う隊商から仕入れる情報が不穏になっていく。先代の代官が他界し、臨時に業務を引き継いだ騎士が町で強権を振るっているのだという。

それまで町で商売を営んでいた者たちが続々と町を離れ始めているようだった。

代官の館を訪れた商人に難癖をつけて商品を強引に奪ったり、商人が女性を連れていればその女性に対して強引に関係を迫ったりとやりたい放題であるとのことである。

その横暴は町の住民にも発揮されており、町の外に伝手《つて》もなく逃げることもできない人々はひたすらに忍従の日々であるとか。

「騎士様の暴走、ですか。お嬢様、このようなことがあるのですか」

「たしかに代官が執務を続けられなくなった場合、騎士が業務を引き継ぐこともありますが……」

ジョジーに問われ、エリッサは教導室で叩き込まれた細則を記憶から掘り起こす。

「エリッサよ、騎士は公主に任命されてこの地に派遣されたのだろう？」

「今の戦姫様が公主の座についたのが、およそ二年前です。それ以前に任命された騎士ひとりひとりを詳しく調べたわけではないのでしょう」

「何百人といようからな」

「戦姫様がいらっしゃらない間は、現職の騎士が有望な者を騎士に任命する場合もあります。後に戦姫様の承認を得るにせよ、その中にとんでもない者が紛れ込んでいた……という話は枚挙に暇がありません」

どれほど優秀な組織でも、非常時においてはいくらかの歪みが生じる。その歪みが民を苦しめる。エリッサも旅の中、あちこちで見てきた光景だった。


午後遅く、エリッサ商会は町を囲む壁の内側に入った。真っ先に宿をとる。宿の一階の酒場には、エリッサたち以外の客がいなかった。

「この宿に泊まるのは三度目ですけど、こんなことは初めてですね」

「ああ、お嬢ちゃんは覚えているぜ。事情はだいたい聞いているだろうが、これじゃ商売あがったりだ」

暇そうな宿の主人がぼやく。

「ま、ゆっくり湯浴みにでも行ってくんな」

「ネリー、オルガ、この町は温泉が盛んなんです。この宿の裏にも温泉がありますから、ゆっくりと旅の汗を流しましょう」

†

荷降ろしを男の使用人たちに任せたエリッサとジョジー、護衛ふたりは温泉に向かった。

この宿では山中から管を引き湯を満たしているようだ。夕方、普段ならば多くの人で賑わうという広い湯船は、エリッサたち四人の独占状態だった。

「これまで通りすがった村でも濡れた布で身体を拭くだけだったからね。実に助かることだよ」

熱い湯を頭からかぶって、ネリーが上機嫌に笑う。

「この大地に温泉という文化を生み出した名も知れぬ民族に対して、深い感謝を。これぞ文明というものだ」

一方、騎馬の民には入浴の習慣がないため「わたしは湯浴み、必要ない」と言っていたオルガだが、実際に熱い湯を浴びてみると、ぶるりと震えて「気持ちいい」と目を細めていた。

皆で旅の垢《あか》を落としたあと、湯船に浸かる。

肩まで身を湯に沈めたオルガが、蕩《とろ》けるような声を出す。

「これは、いい」

皆が笑う。

「オルガに定住民の文化を気に入って頂けて、なによりです」

「堕落《だらく》しそう」

「それでこそ、この町に来た甲斐《かい》もあったというものです。我々は仕事で汗をかき、温泉で堕落するために生まれたのですよ」

「斬新な人生だね。だが素晴らしいことだと思うよ」

さて、湯で身体を温めながら、女たちはこの町に関する情報を交換する。エリッサが宿の主人と話をしている間に、他の者たちが宿の使用人に聞き込みをしていたのだ。

残念なことに、町から逃げ出す人々の話はおおむね真実のようであった。

宿の使用人たちは「じきに戦姫様が鉄槌を下すでしょう。それまでの辛抱だ」と身を低くして嵐をやり過ごす処世術をジョジーに語ってみせたという。

「あんたの雇い主も、あの年で使用人を三人も養っているのは大したもんだ。だが、一応、忠告しておくぜ。くれぐれも、迂闊《うかつ》なことはしない方がいい」

　とのことである。

「お嬢様、わかっておいでですね」

「もちろんです、ジョジー。うちは安全第一ですからね」

　湯船で寛《くつろ》ぎながらそれを聞いていた用心棒ふたりが、どの口が言うのか、という顔をする。

　エリッサは丁重に無視した。

「そうですよ、お嬢様。誰彼構わず女性に手を出すような領主に関わるべきじゃありません」

　ジョジーが険しい表情で告げる。

「私が手籠《てご》めにされてしまいます」

「そうですね、ジョジーは可愛らしいですから」

　湯の中、ジョジーのおおきく突き出た腹部を眺めて、エリッサはおざなりに返事をする。

　とはいえ彼女だって、家事万能でよく気がつく、できた人物だ。選り好《えごの》みしなければ、そしてエリッサなどに忠義を尽くさなければ嫁の貰い手もあっただろう。

「代官の館へ行く用事があるのかい」

「いいえ、代官様とは取り引きの予定がありません。ですが騎士様へのお届け物はありますから、騎士様の邸宅が並ぶあたりに赴く必要はあります。幸いにして、今回横暴を働いている騎士様とは関係がありませんが……」

ネリーの質問に、エリッサはそう返す。

あまり関わりたくないが、信用上の問題からも、今更、届け物の約束を反故にはできない。商人は信用が第一なのである。

「騎士様への届け物は、何?」

少しのぼせたのか、湯を出て浴槽の縁に腰かけたオルガが訊ねてきた。

「装飾品で、他所の騎士様からの贈り物です。うちと懇意《こんい》にさせて頂いている、とても信頼できる方からなんですけど……」

その人物の顔を潰すわけにもいかなかった。わざわざ行商人のエリッサを使ってくれたのは、これを足がかりにしてイローリに地歩を固めなさい、という相手方の親切なのだから。

もともとは父の古い知り合いであったというその老騎士とは、エリッサが幼い頃、遊んでもらったこともあるような関係であった。

「そんな相手なら、ことの次第を話せば理解してくれるんじゃないか。この町に来た目的は、他にもあるんだろう?」

「ええ、まあ。でも、いくつか仕入れてきたものもありますし、この町の名産品で目星をつけているものも。ひとまず、そちらから行きましょうか。明日は取り引きのついでに、彼らから話を聞いてみましょう」

エリッサは湯船で立ち上がる。

「もう出るのかい」

「ネリーたちは、ゆっくりしていてください。私はどうも、こういう湯浴みに慣れなくて」

「お嬢様はちいさい頃、温泉で溺《おぼ》れたことがあるのですよ」

「ジョジーは口を閉じなさい。給金を減らしますよ」

†

翌日は曇り空だった。宿で朝食をとったあと、エリッサ商会は町での活動を開始する。馬車で運んできた品物をあちこちに届けたり売りに行ったりするのだ。

「ネリー、オルガ。契約ではこの町につくまで、ということでしたが……」

「みなまで言う必要はないよ。どうせわれは、あてのない旅だ。見習い商人として扱ってくれても構わない」

「わたしも、ついていく」

ふたりとも、即答だった。

その口調から、エリッサを心配してくれているのがわかる。

「ありがとうございます、ふたりとも」

嬉しかった。朗らかに笑い、感謝の意を示す。

「エリッサ、それは君の美徳だね」

「何が、ですか？」

「人の好意に対して素直に喜んでみせるところさ。これが、なかなかできないものなのだよ。ことに偉くなればなるほどね」

やはり、まるで偉い人のことをいろいろ知っているかのような口ぶりである。もっとも本人としては、あまり隠しているつもりはないのだろう。

一方のオルガは、そんな彼女とエリッサのやりとりにいちいち「なるほど」と唸ったりうなずいたりしている。こちらは一応、己に関する情報を隠匿《いんとく》しようという気があるのだが……どうもその用心は、本人の意図したようには働いていないように思える。

エリッサとしては、必要以上に詮索《せんさく》するつもりはなかった、所詮は行きずりの関係、ということもあるが、それよりも重要なのは、他人が隠したいと思っていることをわざわざ暴きたてるような趣味はないということである。商売でもよく口にすることだが、人と人との信頼関係は、日々の積み重ねが大切なのだ。

「まずは、村の人たちが買いとってくれなかった山賊たちの鎧を売りましょう。重いし馬車の場所を取るし、多少買い叩かれるとしてもこの町で始末してしまいたいところです」

結局、あの村では剣だけ買いとってもらった。刃物はいくらでも再利用できるが鎧など邪魔だ、とのことである。

その革鎧、再利用できそうなものだけでも六着もある。今回、馬車の荷物を少なめにしていたから運ぶことができたものの、これ以上、あまり荷馬に負担をかけたくなかった。峠を越える時点で、馬の疲労が蓄積している。本当は、この町で数日は休んでいきたいくらいなのだ。適度な休憩は馬の寿命を左右する、と両親から教わっていた。

特にこのジスタートでは、冬期に雪道を往来するだけで通常の倍以上も消耗するという話である。これから先を考えると、なるべく余裕を持って行動したいところであった。とはいえ、危険からはなるべく身を遠ざけるのが商人として正しい道である。難しいところだ。

ジョジーたち使用人には、別の仕事を頼む。

「みなさんには、買い物をお願いします。旅の間に足りなくなった消耗品の補充も」

宿の一階の酒場で料理は出るが、六人もいるなら食材は自前で用意して厨房を借りた方が、厨房の使用料を含めても安く済む。特に男ふたりの使用人はよく食べるのだ。かといって食事量を制限して肝心なところでへたばられても困る。

消耗品を補充しておけば、いつでも旅に出ることができる。町の情勢次第では、すぐ逃げに入るということだ。幸いにして、今は秋の収穫期の直後。小麦や乾燥させた果実を買い置きしておくにはいい季節だった。

「そのあとは温泉でも浸かって、ゆっくりしていてください。でも私たちが帰ってくるまで、お酒は駄目ですよ」

「そんな！　お嬢様、ひどいです！」

エリッサは宿の主人に対して、彼女に酒を出さぬよう厳に頼んだ。主人は笑いながら「早く帰ってきてやれよ」と了承してくれる。

一行は、ジョジーの抗議を無視して宿から出た。


イローリの表通りは閑散としていた。峠がしばらく通行不能だったせいであちら側では情報がまわっていなかったが、こちら側では代官の代理となった横暴な騎士の噂がまたたく間に広まり、町を訪れる者がめっきり減ったのだという話である。

立ち寄った馬具店で、その店主から聞いたことであった。

エリッサ商会の売り物のいくつかは、鞍や蹄鉄《ていてつ》といった馬具である。実際はその見本であり、腕のいい若手の職人からそれらを預かり、評判を広めて欲しいと言われている。

いずれ工房を持ちたいと願う者たちだ。ひとたびお呼びがかかれば、ジスタートのどこにでも移り住む覚悟との確約を貰っている。

職人組合が大きい公都ならともかく、この規模の町だと専門の職人がおらず、ひとりの鍛冶師が農夫の鍬も大工の斧もまとめて打っているようなことが多いのだ。

ジスタートに数多ある町や村に不足するのは物だけではなく、人もそうであった。不足を探して売り買いすることでは、人も物も変わりない。

エリッサ商会の商材のひとつは、そうした情報であった。他の商人が扱わないもので違法でないものや危険のないものであれば、それが何であっても商売の種になる。馬車の隙間もとらない、効率のいい商材だ。

「あんたらも、さっさと離れた方がいい。公都に行くなら、代官様のことが戦姫様のお耳に入るよう、せいぜい噂を流してくれよ」

「戦姫様は現状を追認するだけじゃないのかい」

「公明正大な方だ、きっと正しい裁きをしてくださるさ」

ネリーが訊ね、店主がそう返事をする。多分に店主自身の願望が入っているようだった。

実際のところ、公主と官吏、騎士の関係が今、どうなっているのかエリッサは知らない。賢明な商人は政治に関わらない、とは親からの薫陶《くんとう》である。特に肌の色で余所者と判断されかねない彼女の場合はなおさらであると。

たとえ戦姫様の近くにいる者に伝手があったとしてもである。

「ところで、町を離れる人が増えたら荷馬《にうま》がよく売れたりしませんか」

「いいや、別に。町を離れることができるような奴はそう多くないし、そんな奴は引っ越した先でたっぷりと金を使う用事がある。わざわざ俺のような店で馬や馬車を買いはしないさ。隊商に便乗したり、伝手を頼って借りてきたり、まあそんな奴ほど伝手は多いもんだ」

「なんの伝手もなければ、町がどれほど荒廃しようと出ていくこともできない、というわけですね。世知辛い話です」

町に暮らす人の大半は、自分の生まれた町からほとんど外に出ないまま、その生涯を過ごす。外国では成人前後で巡礼の旅に出るような習慣もあるらしいが、そもそも冬の過酷なジスタートでそんな風習が根づくはずもない。

特に今年は戦争の影響で各地の治安が低下している。命も含めて何もかもを失うよりは、横暴な領主の理不尽に我慢する方がまだマシであろう。エリッサ商会だって、普段は他の隊商と行動を共にすることで安全を確保するのだ。

「ここから公都までは、かなり距離がありますからね」

ライトメリッツの外縁部であるこの町は主要な通商路から少し外れている。もともと、あまり多く商人が来るような町ではないのだ。故にエリッサ商会も、今回は集団で身を守るという手段を選べなかった。ネリーやオルガという腕利きの用心棒を雇えたのはとんでもない幸運であったのだ。

ふと、思う。

――ふたりはどうして、こんな辺境に赴いたのでしょう。

オルガについては何らかの事情で公都の方に足を運びたくなかったのだと判断できる。むしろそこから逃げてきたのかもしれない、とも。

不思議なのは、ネリーだ。

飄々《ひょうひょう》とした態度で含蓄《がんちく》のある言葉を紡ぐ。世渡り上手で凄腕の弓手でありながら、時に奇妙なほどものを知らない。彼女がみせる数多の二面性は、若いながらも商人としてさまざまな人と接してきたエリッサからして瞠目《どうもく》するほどに類をみないものであった。

その素性を詮索するつもりはない。相手が自分から話すなら別だが、そうでなければ互いの過去に触れないのは旅人同士の礼儀である。これが町の者となればまた別の論理が働くのだが、そのあたりは商人の嗅覚で判断するべき事柄であった。

だからこそ、エリッサはふたりに立ち入ったことを聞いたりしない。先日のように、オルガが自分から質問してきたときは、返答のため多少なりともその思惑を訊ねることはあるものの、それはそれ、だ。

そのオルガはエリッサが店主に渡した蹄鉄を興味深そうに眺めていた。聞けば、自分が生まれ育った部族で使っていたものとは比べ物にならないほど完成度が高いと、ひとめみてわかったのだという。

「この蹄鉄をつくった人、腕のいい職人なのは間違いない」

「ええ、オルガ。そういう人の商品でなければ、わざわざ遠くまで売り込みにいく意味がありませんからね。どうやらこの町は、移住に適しているわけではなさそうですが……それも、これから先、どうなるかはわかりません」

オルガは騎馬の民の生まれで、生粋の戦士だ。そんな経歴の若い少女が変化する不思議な斧をかついで旅をする経緯について、興味を覚えないと言えば嘘になる。

店主もそうなのだろう。

「いったいどうして、騎馬の民がこんなところを旅しているんだ」

と訊ねてしまった。

返ってきたのは、気まずい沈黙だった。オルガはうつむいて黙りこくってしまう。

「すまないな、お嬢ちゃん。今のは忘れてくれ」

幸いにして、店主はすぐ言葉をとり消した。ネリーが笑って「女のことを根掘り葉掘り訊ねるものじゃないぞ」と冗談にする。

「われのことであれば、なんでも聞いてくれていい」

「あんたは……そもそもどこの国の生まれなんだ。言葉遣いからして、このジスタートの生まれじゃないんだろうが」

「さて、もう名前すらも忘れられた国で生まれ、あちこち旅をしたよ。国を興したことも、滅ぼしたこともある。国なんぞ、まわりがそう望むから生まれ、まわりが良しとしなくなれば消える程度の幻想である。ヒトは生まれながらに根無し草。幻を掴《つか》み、霞《かすみ》を食ろうて生きるがこの世である。そういうことよ」

いったいどういうことなのか、店主は目を白黒させている。

「さっぱりわからんが、あんたは法螺《ほら》吹《ふ》きだってことだけは理解した」

ネリーは大口を開けて笑い、「そこを理解するとは、おぬしもいずれ王になる器よ」とよくわからない言葉で店主を持ち上げてみせる。オルガは自分から話題が逸《そ》れたことで、露骨にほっとした顔をしていた。この子は本当にわかりやすい。

それにしても、とエリッサは考える。

——ネリーの言葉、あまり嘘という感じがしなかったんですよね。

彼女があえて適当なことを言って、場の空気をうやむやにしたかったのだろう、というのが普通の考察である。

だがエリッサの商人としての鼻が、それだけではない、特別な神秘の匂いを嗅ぎつけていた。彼女にはなにかがある。彼女の言葉には、少なからぬ真実が含まれているということを。

——でも、この方向に詮索するのは駄目ですね。藪をつついて蛇を出す、ということになりかねません。

同時に、強い警戒心も働いている。ネリーの持つ独特の魅力に惹かれすぎてはならない、それは破滅に繋がるだろうという、奇妙な直感である。

詐欺師の類いではない。それでも、彼女にはなにかがあると確信している。

「とにかく、あんたらは騎士様の視界に入らないよう気をつけるといい」

「ええ、そうします。ご忠告、ありがとうございますね。次にこの町に来るときは、もっと状況がよくなっていることを願っています」

エリッサは手厚く礼を言って、仲間たちと共に店を出た。

†

一日で三軒をまわって、エリッサ商会はそこそこの儲けを出した。数日に渡って交渉を粘ればもう少し利益を出せたかもしれないが、この町に長く滞在するのはためらわれる。

護衛のふたりも含めて女が三人。どこの店に顔を出しても、さっさと町を出た方がいいと助言を受けてしまった。情勢を考えると無理はない。相手がこちらのことを考えて忠告してくれているのはわかっているが、さすがに辟易としてしまう。

「次に来るときは、もっとゆっくりさせてくださいね」

いずれの店でも、そう言って暇乞いする。隙あらば商売の種を探すのがエリッサの仕事だが、ここではそうも言っていられないだろう。自分の身が第一である。

「これまでも、ちょっと危ないくらいの状況はなんとか切り抜けてきました。私、そういう勘はいいんです。いざとなれば死に物狂いで逃げますよ」

そう言うと、ネリーに笑われた。

「峠の前の村で山賊相手に立ち向かった君の勇気を忘れられるものだろうか」

隣でオルガがしきりにうなずいている。

「エリッサは危なっかしい。守ってあげないと」

「いくらでも笑ってください。でも、次はもう同じ失敗なんてしませんから」

それに、とエリッサは続ける。

「よろしければ、おふたりはずっと、私に雇われてくれていいんですよ。あまり良い報酬は約束できませんけど、せいぜい居心地のいい場所は提供します」

「ありがとう、エリッサ。気持ちは嬉しい」

「うん、君の友情には心からの謝意を。でもわれが赴く先は、われが決めるよ」

あっさりと。それはもうあっさりと、少しの考慮もなく、その申し出は袖にされてしまった。

「残念です」

エリッサは笑う。

――わかっていました。

このふたりには、それぞれの目的がある。それはきっと、エリッサの生きる目的よりもずっと崇高な、ひょっとするとこの町や周辺の村を巡るよりずっとおおきな使命に関するものなのだろう。だから、終わりのときが来ることは覚悟していた。

商売は出会いと別れの繰り返しだ。

「でも、もう少しなら、一緒でもいい」

「ああ、国家の興亡の数百年に比べれば、君と共に旅する少しの時間など、なにほどもなし。

われの旅は急ぐものではない」

ふたりに慌てた様子で慰められてしまった。エリッサはそんなに落ち込んだ顔をしていただろうか、と自問する。なるべく考えを表に出さないよう、訓練してきたつもりなのだけれど。こんなことでは一流の商人になることはできない。

「私の人徳と思うことにしましょう」

「一緒にいて楽しいということ？」

「おおむね、そんな意味です。私もネリーやオルガと一緒にいるのは楽しいですよ」

他愛もない会話をしながら、帰り道を歩いた。

実際のところ、エリッサだってずっとこんな日々が続くとは思っていない。旅はいつか終わる。エリッサ商会はもうすぐ公都に店を構えるし、そうなったら使用人たちとの今の関係も変わっていくだろう。エリッサが旅に出る間、店を任せられるのはジョジーだけだ。

ネリーもオルガも、ひとりで生きていける人間だった。でもエリッサはそうではない。次々と繋がりをつくって、繋がりの中で生きていく存在だ。商人とはそういうもので、これまでそのありようにはなにひとつ疑念を抱いていなかった。

今は、少しだけ違う。

憧れがある。ふたりのように、自分だけで世の中を渡っていく力が欲しかった。ないものねだりだとわかっていても、ふたりのような生き方に羨望の念を抱いてしまう。

もし自分に力があれば、もっと共にいられるのに。

そう思うのは、思うだけならば、きっと罪ではないのだろうと思った。それくらい、ふたりの友との数日は得難《えがた》い体験だったのである。

「前向きに考えましょう」

だからエリッサは告げる。

「なるべく今を楽しんで、一緒にいる間を無駄のないものにすればいいのです。数年後、数十年後に思い出して、今の記憶をずっと先に残すことができるように」

「今をずっと先に残す、か」

ネリーは少し思案して、うん、とうなずいた。

「いいことだと思うよ。それは、とてもいいことだ」

オルガも、その横でこくこくとうなずいている。だから三人で少し寄り道して、町のあちこちをみてまわった。夕方になって、ようやく宿へ戻る。

†

凶報があった。

ジョジーが代官の館に連れていかれたというのである。

ことの次第は、不幸な偶然としか言いようがなかった。

使用人三人で買い出しに出かけたところで、たまたま巡回の兵士に見咎《みとが》められ、男たちをかばったジョジーが不審者として目をつけられたのだという。

正式な商売の許可証がどうの、と難癖をつけられていたが、エリッサ商会はライトメリッツ公国内で商売するために必要な認可をひととおり揃えてある。出るところに出れば、つまり公都で裁可を仰げば、必ずや無実を証明できる事案であった。

問題は、ここが公都から離れた町であり、代官になりかわった騎士に公正な裁定を期待できないことであった。強気に訴えることはできない。袖の下を渡すにしても、エリッサ自身が出向く必要があるだろう。

先代の代官であれば、エリッサの知己の騎士による推薦状もあるし、そう横暴な態度をとられることはないはずだった。

しかし今、その椅子に座る者からは、そういった常識的な対応が期待できない様子である。さまざまな噂を勘案すると、エリッサが直々に交渉へ赴くことは危険が大きい。

かといって、ジョジーを見捨てるわけにはいかなかった。

「今すぐ、私が代官の館に赴きます」

エリッサがそう告げるも、たちまち男の使用人たちに止められた。ネリーとオルガもやめた方がいいと否定的な態度である。

「間もなく夜だ。訪問は失礼にあたるよ。せめて、朝になってからにするべきだね」

ネリーにそう言われては仕方がない。こちらは所詮、この町ではなんの後ろ盾もない、一介の行商人である。相手が権力を振りかざしてくるなら抵抗する術がないのだ。

焦燥《しょうそう》に駆られながら、夜が明けるのを待つことにした。明日はたいへんなことになる。気持ちを切り替えて、無理にでも眠った。どこでも寝る技術は旅の空でみにつけたものだ。ジョジーが得意で、昔、コツを教わった。心を空白にするのだ。

「ジョジー、大丈夫でしょうか」

彼女はたくさんのことを教えてくれた。

まだこれからも、もっとたくさんのことを教わらなければならない。その一心であった。

†

故にエリッサは気づかなかった。

深夜、ネリーとオルガが置き手紙を残して宿を抜け出したことを。


満月の夜だった。

ふたりの女は、ひとっこひとりいない町の大通りを歩いている。ひとりは手に赤黒い弓を持ち、もうひとりは大きく変形させた斧をかついでいた。

ネリーとオルガだ。

青白い月の光が降り注ぐ。

ふたりの表情は穏やかだった。

「手紙に書いた通り、もうわれらは戻れない。エリッサに別れの挨拶もできない。しかしオルガ、あの程度の輩はわれひとりでも充分、君は残ってもよいのだぞ」

「ネリーこそ、残っていい。これはジスタートの問題。わたしだってジスタート人。ネリーには関係ないはず」

「この国の民ではないからこそ、好きにできる。しがらみがないからこそ、自由に振る舞うことができる。君の事情には立ち入らぬが、君が今後、なにを望むにせよ、此度のこと不利にこそなれ、有利になることはなしと考えたまえ」

オルガは黙って首を横に振った。覚悟は変わらない、ということだ。ネリーは白い歯をみせて、笑ってみせる。

「いい覚悟だ。気に入った。ならばせめて布かなにかで顔を隠すかい？」

「いらない」

オルガは考えることもなく否定してみせる。肩にかついだ大斧が揺れた。

「どうせ、この斧は目立つ。ネリーの弓も」

「もっともだね。無駄なあがきか」

お互いに笑いあう。

「代官の館に乗り込んで、ジョジーを助ける」

「それだけでは駄目だ。襲撃の目的がバレて、エリッサ商会が報復されてしまう。われらはただの無法者として振る舞わなければならない。そうだ。われらは流浪の無法者《ローパサジール》。法も道理も知らぬ。官吏も騎士も民も関係ない。金銭目当てに押し入り、因縁をつけてきた輩を切り捨てる。ただそれだけの、無頼の徒である。そのついでに困っている民が助けられても、ただの偶然であるよ」

ついでに、とネリーは言う。

「宿の主人に頼んでおいた。われらふたりは数日前からエリッサ商会とは別の部屋に寝泊まりする、怪しい奴らである。このこと、町の他の人々も手を貸すだろうと教えてくれたよ。憂《うれ》いなく向かわれよと」

山賊から奪った鎧を運ぶ際、それをみられた宿の者に、峠の山賊退治の顛末《てんまつ》をざっと語ってあった。故に宿の主人は、ネリーとオルガの腕をある程度、知っている。

「どうしてこの町の人たちが、そこまで協力してくれたの」

「騎士の横暴を不満に思っている者たちとて、自分から声をあげる勇気はない。然《さ》りとて誰か

がことを起こし、それが成れば話は別。それだけのことである。端的に言えば、博打は勝っている者に賭けろ、ということだ」

「わたし、博打はしない」

「奇遇だな、われもしない。偶然に身を任せるのは性に合わなくてね」

ネリーは満月をみあげた。銀色の輝きを浴びると、人がまだ大地に満ちる以前の暗黒を思い出す。

当時、今よりもずっと世界は暗かった。それでも神々の寵愛《ちょうあい》を受けて、人は魔を退け、黒い森を切り開いていった。満月の輝きが、かつて漆黒の森だった土地を浄化した。人は神々と共に笑いあった。月の光は人に勇気を与えてくれる。

友と別れるにはいい夜だ。

「剣や弓ではできぬこともたくさんある。オルガ、君はそれを学ぶために旅をしているのであるな」

「そう、かも。わたしなんかには、務まらない役目を貰ったと思った。どうしてなんだろうと考えても、わからなかった。逃げ出すように、飛び出した。あちこち旅をすれば、わかるかもしれないと思った」

「答えは得られたか」

「少しだけ、理解できたかもしれない。でもきっと、それは正解の欠片にすぎなくて、全部じゃないしわたしが求めていたものと同じとは限らない」

「もとより、その問いに対する答えなど、ひとつではないのだ」

　オルガは小首をかしげてみせる。

「答えは、いっぱいある？」

「でなければ、どうしてこの世には多くの国がある？　どうして統一した帝国が生まれぬ？　それぞれに答えがあるからこそ、それぞれの国が生まれた。長き時を経て滅びもせず、今まで続いてきた。このジスタートの中でも、地域ごと、領主ごとに違う答えがあろう。それぞれが、己の意志でもって、答えを選びとるしかないのだ」

「選んだ答えが、間違っていたとしたら？」

「人を統べる者は、誰もがそれに怯えているさ。それでも選んだものを武器として戦っていくしかない」

　オルガはその言葉に考え込む。彼女はその小さな身体にどれほどの苦悩を抱えているのだろうか。

　ネリーは彼女が肌身離さず持ち歩いている大斧をちらりとみた。この時代に詳しくないネリーだが、その斧がなにかという、おおよその見当はついている。由来も、誰が用意したものなのかも、そしてこの時代におけるその象徴的な意味も。

　オルガ。彼女は戦姫だ。

このジスタートにおける公主のひとり。

奇縁だな、と思う。少し前まで、ネリーは彼女以外の戦姫と戦っていた。公式には、ジスタートにとって不倶戴天《ふぐたいてん》の仇《かたき》である。もっとも当時のネリーはフードを深くかぶっていたから、顔をみても彼女とはわからないかもしれないが……。

その赤黒い弓は、きっと相対した戦姫にとって忘れがたいものであろう。

代官の館を襲えば、ネリーの弓のことも含めて噂は広がる。それは戦姫の耳にも入るに違いない。この地、ライトメリッツの戦姫とは、特に激しくやりあった。

彼女の部下をたくさん殺した。

故にこそ、これ以上、ただの行商人と共にいるわけにはいかない。ひどく迷惑がかかってしまう。それはネリーの本意ではなかった。

目の前の少女に対しても、相応の好意と敬意を抱いている。とはいえ、彼女に対して己の立場を明らかにするのはまた違うだろうとも思った。

きっとそれは、相手にとっても本意ではないだろう。知らぬ仲であるからこそ言えることもある。

「実は、な。われは以前、少しだけ国を治めていたことがある」

オルガは目を瞠った。

「本当だったの？」

「うむ。たいした国ではなかったよ。この国の者からみれば、吹けば飛ぶような小国であった。政の形態も全然違う。かの国においては崇拝するべき神が身近に存在した。それでも多少は知見を得ることができたように思う。重要なのは自分を見失わないことだ。為政者《いせいしゃ》とてただのヒトであり、あるべき己をしっかり見定めていてこそ、神と民の間に入り政務を行うことが可能になるのであるということだ」

オルガは無言でネリーの話を聞いていた。ネリーは月をみあげて続ける。

「これが、己の手で勝ちとった為政者の座であれば話は違うであろう。われはあいにくと、相手に見初められて、相手に尽くすためその椅子に座った者である。故に、少しばかり心の準備をさせてもらった。幸いにして、われがいなくても国がまわるだけの素地があった」

「ネリーは……」

「当然ではあるが、われは戦姫ではない。そもそも竜具に弓はなかろう」

オルガはひどく驚いた様子で、次に余計なことを言ってしまったと慌てだす。ネリーは笑って「忘れろ」と告げた。

「われは、君のことを何もしらない。君の地位に興味もない。旅の良き同伴者の素性を訊ねるつもりなどないよ」

オルガは少しためらったあと、うなずいた。

「わたしも、ネリーの立場とか地位とか、関係ない。でも、ネリーが教えてくれたこと、ずっと忘れない。まだ、よくわからないけど」

「うむ。以前も言ったが……迷って、よいのだ。正解はひとつではない。存分に迷い、己だけの答えをみつけよ。その試行錯誤もまた、後への糧《かて》となる」

オルガは戸惑うように視線を彷徨わせたあと、前を向いた。心なしか、歩みが力強く、歩幅が広くなる。

「やれるだけ、やってみる」

「それでいい」

ネリーは少しだけ早足になって、オルガを追いかけた。


代官の館は高い塀に囲まれていた。正門と裏門の前には篝火が焚かれ、そのそばには四名の歩哨の姿がある。だが歩哨たちはだらけきり、周囲の監視もせず座り込んで博打にいそしんでいた。規律もなにもあったものではない。

「以前の代官であれば、厳罰ものだったろう、という話だ」

「この人たちも、以前の代官に仕えていたんだよね？」

近くの物陰に潜み、ネリーとオルガは館の様子を観察する。強引に押し通ることも可能ではあったが、騒動は小さいほどいいし、死者は少ない方がいい。

「水は高きから低きに流れる。人は簡単に堕落するものだ。だからこそ、己を戒める者をそばに置くことが必要なのだ」

「自分で自分のことを決められないの？」

「誰もができるものではないさ」

ネリーは口の端をつりあげる。

「厳しい集団のなかで生きてきた者は、意外と気づかないものだけどね。本当に誰の目もないところで、高貴な精神を保ち続けることはひどく難しいものなのだ」

「じゃあ、彼らを責めるべきじゃない？」

彼らの会話が聞こえてくる。最近抱いた女の話題だった。

聞きたくもないのに聞こえてきた。代官の命令と偽って、強引に館に連れ込んでしまえばあとはやりたい放題だ、というような内容である。オルガが、斧の柄を握る手に力を込めている。

ネリーはにやりとした。

「考え方は人それぞれだと思うがね。それはそれとして、堕ちた者には相応の報いがあるべきだと、われは思う。オルガはどうだ？」

「許せない」

「では許さぬとしよう」

ネリーは無造作に弓に矢をつがえると、ろくに狙いをつけた様子もない素早い動作で弦から指を放した。

矢は空気を裂く音を響かせ、弧を描いて歩哨のひとりの額に突き刺さる。くぐもった呻き声は、篝火の火が弾ける音に紛れて聞こえなかった。歩哨が地面に倒れ伏すも、残りの三人は相手がふざけたとでも思ったのか、げらげら笑うだけだった。

その間に、ネリーはもう一本、弓に矢をつがえて放つ。こちらの矢は一番背が高い男の後頭部に突き立ち、男は頭から地面に突っ伏した。

後頭部に矢を生やした男の姿を、残るふたりが唖然《あぜん》としてみつめる。ひと呼吸置いて片方がわれに返り、笛を手にとった。

その警報を鳴らすべく動いた男の首が、宙を舞う。

あっという間に距離を詰めたオルガが大斧を一閃させたのだ。

「だ、誰だ、貴様――」

残るひとりが腰を抜かし、短い悲鳴をあげる。返り血を浴びたオルガから懸命に後ずさろうとする。しまいには、命乞いを始めた。

オルガは無言でその男に近寄ると、大斧を軽やかに振るい、縦に両断した。

館に連れ込んだ女を、悲鳴をあげさせながら殺す方法について滔々《とうとう》と語っていた男であった。運が悪かったと考えるべきか、自業自得とみるべきか。

ネリーにとってはどうでもよかった。姿をみられて捕虜にするほどの余裕はない。いちばん後腐れがないのは皆殺しにすることである。

オルガが物陰から弓矢を構えるネリーに振り返る。

ネリーは矢を下ろし、彼女のもとへ小走りに駆け寄った。事前の打ち合わせなしで、よくもまあ、ここまでの連係ができるものだと思う。

──オルガ。若いが、この少女はよくまわりがみえている。

戦場で生きるために生まれたような人材だ。戦姫は竜具が選ぶというが、はたしてその内面までを、どうやって的確に探り当てたのだろう。その仕組み、見事なものだと感嘆せざるを得ない。

「この館の兵は二十名ほどらしい。この様子だとたいした奴らではなさそうであるが、油断は禁物だ、今しばらく、各個撃破させてもらおう」

「代官の部屋は？」

「さすがに、それはわからなかった」

ネリーの情報源は、昼にエリッサとあちこちまわった際、彼女が取り引き相手との価格交渉などに集中している間に暇そうにしている店員や客と世間話をして得たものである。万一の場合に備えての情報収集であったが、これが役に立たないことを祈ってもいた。

残念ながら、情報は、もっともよくないかたちで生かされることとなる。

この館には兵士の数と同じくらい、住み込みで働く非戦闘員がいる。彼らを巻き添えにすることは、なるべくならしたくなかった。とはいえ彼女たちはたったふたりで、隠密行動にも限界はある。優先するべきことは、もっとほかにたくさんあるのだ。

「行こうか」

オルガに声をかけ、正門から堂々と門を越える。

†

石造りの堅牢《けんろう》な館であった。場合によっては砦としても利用されることが想定されているのだろう。塀に囲まれた中庭は広く、非常時は町の人々をここに避難させ、籠城を行うことも可能のはずである。

その中庭の庭園は、無残に荒れ果てていた。木々の枝葉は剪定《せんてい》されずにひと夏が過ぎたため伸び放題で、下生えは雑草に侵食されている。四阿《あずまや》の屋根につる植物が這いまわり、天井に穴が開いて、そこから降り注いだ雨水が足もとに水たまりをつくっていた。

先代の頃の庭師は真っ先に解雇されたという。庭をいじるなど予算の無駄であるという理屈だった。そのような主のもとでは、館の荒廃など必然である。

代官になりかわった横暴な騎士が出費を減らしてかわりに何をしたかといえば、愛人を着飾らせ、楽団を招いて遊興《ゆうきょう》にふけっているという。今も二階建ての館の中から楽しそうな笛や太鼓の音が女の嬌声《きょうせい》と共に聞こえてくる。

「浮いた金で兵を雇うなら一貫した方針としてまだしも理解できるが、いたずらに浪費するだけとは、暗愚《あんぐ》にもほどがある。速やかにとり除くのが世のためというものだ」

放っておいても、じきに過ちは正されるであろう。

それを期待できる程度には、この国はよい国であるとネリーは思う。公主と戦ったこともあるが、あれはまっすぐな心根の持ち主であった。いささかまっすぐすぎる嫌いはあるが、才覚の片鱗は感じた。側近や幾ばくかの歳月で補える範囲だ。

「善いことしてるなら、見逃す?」

「そういうわけでもないがな。気に入らぬ奴は殺す。舐められたら潰す。それがわれの主義である。今の時代を生きる者には、いささか乱暴だろうか?」

「ネリーは正しい。騎馬の民と同じ」

騎馬の民の少女は満足そうにうなずいた。やはり彼女とは気が合う。

「では、どこから叩き潰すとしようか」

「あそこ」

オルガが指差す先は、二階の一室だった。灯りが漏れて、男の下卑た笑い声と女のか細い懇願の声が聞こえてくる。幸いにして、ジョジーの声ではなかった。

窓さえ完全に開けば、そばの張り出しから飛び込むことができそうだった。開かない場合、強引な手段をとればいい。

「よかろう。そういうことならば……」

ネリーは崩壊した四阿《あずまや》に向かうと、そこに放置されていた縄を手にとってオルガのもとへ戻った。

「上からこれを投げてくれ」

「それじゃ、行ってくる」

オルガは斧を地面に置くとかわりに片手で縄を握り、軽々と館の柱をよじのぼった。二階の張り出しまで辿り着くと、ネリーに向かって縄を投げる。

「先に斧を縄に結ぶか」

「ううん、斧は地面に置いといて。ネリーが先でいい」

「ふむ?」

ネリーが縄を掴むと、オルガは縄の先を思い切り引っ張る。ネリーの身体が浮き上がり、彼女はその勢いを利用して石を積み重ねた壁面を蹴った。オルガが伸ばした左手を掴む。ぐいと力強く引っ張られて、ネリーは無事、張り出しの上に着地することができた。

無言でうなずき合う。

「オルガ、君の斧は……」

「大丈夫」

オルガが呟く。次の瞬間、彼女の手のなかに小ぶりの斧が出現していた。ネリーは瞠目する。

竜具にはこんな力があるというのか。本来は秘事であろうに、この少女は……。

「内緒ね」

「君は人がいいな」

「ネリーだから」

いささか期待が重すぎるように思う。

さて、とオルガは、ネリーを背に置いて斧を構えた。小ぶりの斧が一瞬で少女の身の丈より大きくなる。

オルガはかけ声ひとつ、大斧を横薙ぎに振るう。その一撃は正確に窓の下を襲った。轟音と共に、壁面に大きな亀裂が走る。中から聞こえてきていた男の笑い声がぴたりと止んだ。

「硬い。もう一発」

オルガはためらわず、もう一度、斧を壁面に叩きつけた。

鈍い音が響き、窓枠が宙を舞い、壁が破砕される。

部屋の中の光景が丸見えとなった。裸の男がベッドの上で身をすくめている半裸の若い女を組み伏せようとしている最中で、硬直してこちらをみていた。呆然としている。まあ、無理もなかろうとネリーは思う。

もっとも、その躊躇は致命的だ。

ネリーはオルガの後ろから、あらかじめ弓につがえていた矢を放つ。矢は狙い過たず、裸の男の額に突き刺さった。男が女の上に倒れる。

一拍置いて、女の甲高い悲鳴が響き渡った。

オルガが部屋の中に跳躍する。斧を持った少女が飛び込んできたのをみた半裸の女が、今度は泣きながら命乞いを始める。混乱しているのだろうが、これは仕方のないことだろう。

オルガに続いて部屋の中に跳び移り、ネリーは彼女に笑いかけた。

「心配ない、君は助かるのだ。ああ、できればわれらのことは忘れてくれると嬉しい。突然の凶行だ、混乱してなにも覚えていない、ということもあろうさ」

オルガはベッドの女を無視して扉を開け、通路に出ていった。

すぐ戦いの音が聞こえてくる。女の悲鳴の前に、なにせ壁を破壊したのだ、襲撃は館中に伝わっただろう。もとより覚悟の上ではあるが、早く始末すべき者を始末しなければ逃走の恐れがある。その場合、ひどく厄介なことになるだろう。

「ところで、お嬢さん。代官の部屋はどちらかね」

「あ、あっちです」

女が指さしたのは、館の奥の方だった。ネリーは笑顔で礼を言って部屋を出る。オルガは護衛とおぼしき男ふたりをあっという間に切り伏せたところであった。振り返った彼女に、代官の部屋の情報を伝える。

「オルガ、目当ての騎士の方は頼めるかな」

「ネリーは、どうするの」

「こうなると、ジョジーのことも心配になる。確認してくるよ」

オルガは、わかったとうなずき、館の奥へ駆け出した。すぐにそちらから戦いの音が聞こえてくる。

ネリーはもう一度、部屋に戻ってまだ怯える女から、他の女たちの情報を聞き出した。彼女によると、今日、連れ込まれた女は地下の牢屋に閉じ込められているとのことである。よほど暴れた様子で、ちらりとみたところ殴られた跡があったらしい。

「あの人のこと、助けてやってくれよ。あんたらのことは誰にも言わない」

話しているうちに、落ち着いてきたのだろう。ネリーの目をみて、彼女はそう告げた。

「彼女の雇い主を悪く言え、って男たちが強要しようとして、それに従わないから殴られたのさ。商人を潰すときに使う、いつもの奴らの手だ。あの女は忠義に厚かった。そういう奴はひどい目に遭う」

「わかった、何とかしてみよう」

地下室の場所を聞き出す間に部屋に駆けつけてきた男を、顔を覗かせたその瞬間に射て始末する。通路の方で、「凄腕の弓手だ」という男たちの声が聞こえた。

「大丈夫なのかい」

「この程度ならね」

ネリーは弓に矢をつがえ、無造作に通路に出る。それを待ち構えて襲いかかってきた男の剣による刺突に対して身をそらしてかわし、至近距離から膝を狙って矢を放つ。

膝に矢が突き立った男は悲鳴をあげて通路を転がった。

さらにふたり、怒号をあげながらネリーに迫ってくる。

ネリーはたて続けに矢を放った。


その夜、代官の館は壊滅した。

†

エリッサが起床したときには、すべてが終わっていた。

早朝、ジョジーがひとり、宿に戻ってきたのである。彼女が深夜の出来事を涙ながらに語ってくれた。

ネリーとオルガが代官の館で大暴れし、代官になりかわった騎士とその部下一党二十余名をことごとく惨殺して消えたという話を聞きながら、エリッサは強い後悔の念に苛まれた。

ふたりの置き手紙も読んだ。

「気まぐれで旅に出る、友よ、われらのことは気にするな」

そう書かれていた。

「友と呼ぶなら」

エリッサは涙を流した。

「ひとこと相談して欲しかったですよ」

†

エリッサ商会は、ほどなくして公都で小さな店を開くことになる。ジョジーは五人の使用人を差配する店長となった。エリッサ自身はいつも店にいるわけにはいかず、各地を忙しく動きまわる方が性に合っていたのである。

代官になりかわった騎士が殺されたあと、イローリにはすぐ、監査官が送り込まれた。優秀な人物だったようで、あっという間に町の混乱を治めてみせたという。若いが公主代理の懐刀《ふところがたな》であるらしい。

いずれ公主の命により新たな代官が正式に派遣されるとのことであった。

これらの次第は、エリッサが公都に赴いた際、公主代理にしてエリッサの恩師、リムアリーシャという人物から直接、聞いたことである。

エリッサはことの次第を正直に語った。ネリーとオルガについても、最初はその存在について隠していたのだけれど、リムアリーシャにじっと見つめられ「イローリに向かった者から報告があがっていますよ」と告げられれば嘘はつけなかった。

ふたりの友人のことを語り終わったあと、リムアリーシャはしばし深く考え込んだ。

「驚きました」

「あまりそうは見えませんが。いえ、先生の表情が変わらないのはいつものことですけど」

「ティグル……監査官の情報があったからです。それでも、信じられませんでした。貴重な体験をしましたね、エリッサ」

「ええ、それはもう」

リムアリーシャはしばし沈黙し、ミルクのたっぷり入った紅茶を飲み干す。

「奇縁、というものですね」

それからぽつりと呟き、「このことは内密に。悪いようにはしません」とだけ言ってエリッサを解放した。

「先生は、ふたりを知っているのですか」

「多少は」

リムアリーシャはそう返事をしたあと、いつものように表情を変えず、まっすぐエリッサをみつめたまま訊ねた。

「エリッサ、本当に、聞きたいですか？　これ以上聞くと、あなたは政治に関わることになりますよ」

「それでも、教えてください」

　エリッサは即座に首を縦に振った。商人が政治に関わると、ろくなことにならない。親の教えだ。しかし今ばかりはその教えに反すると覚悟を決めた。

「あなたらしくない」

「友と呼んだ者たちだからです。友がなぜ、急に私の前から去ったのか。それを知りたいと願うのは当然でしょう」

「わかりました。エリッサ、あなたはいい商人になるでしょう」

「なぜでしょう、先生。私は商人として間違った判断をしていると思います」

「ですが情に厚い。冷徹な判断ができる商人など星の数ほどいますが、堂々と友のためにと言える者はなかなかみつけられません」

　リムアリーシャの表情がわずかに和らいだ。それは彼女をよく知る者でなければ見逃してしまうようなちいさな変化だ。

　つき合いの長いエリッサは知っている。表情が変わらないようでいて、よく観察すれば、今は彼女が笑っているのだとわかるのだ。

「それは公主代理としての保証、ということでいいでしょうか、先生。公都に出した店に対する保証、組合に一筆お願いできますか」

先ほどまでから一転しての、あまりにもちゃっかりしたものいいに、リムアリーシャは呆れた様子で肩をすくめた。

「公私混同ですよ」

「これは、今度の旅で手に入れた熊のぬいぐるみです」

エリッサはかたわらの大袋から切り札をとり出した。本物の灰色熊《セルクトス》の毛皮を使ったもので、エリッサが両手で抱きかかえるほど大きい。辺境の職人に特注でつくらせたものだった。

「なるほど、たいした大きさですね」

「それだけではありませんよ」

エリッサは袋から更にもうひとつ、ぬいぐるみをとり出した。こちらは小柄な熊のぬいぐるみだ。

「同じ灰色熊の毛でつくられたものです。この子どものぬいぐるみを、お母さんのぬいぐるみの両腕に乗っけると……」

「母子の熊が抱っこしている……」

リムアリーシャが、呟く。冷静なようで、その口もとが震えていた。

エリッサは彼女にぬいぐるみのひとセットを手渡した。リムアリーシャは小熊を抱きかかえる母熊のぬいぐるみをしばらく凝視《ぎょうし》したあと、深いため息をついた。

「一筆したためましょう」

長いつき合いなのだ。

「それから、あなたの奇縁についてのお話をいたしましょう」

キャラクターデザイン・ラフ
〝オルガ・タム〟（白谷こなか版）

第二話　最後の円卓の騎士

†††††

アスヴァール島の南西の隅、コーンウォールの片田舎。

アリスは、そのとある村に住む少女である。

彼女は十四歳の夏、天涯孤独の身となった。

母は一昨年、流行《はや》り病で亡くなった。父は夏の終わり頃、山賊と勇敢に戦い殺された。村に親戚はいない。兄弟姉妹もいない。

父の死からしばらく、秋の収穫期が終わったころ、村長が仕事を与えてくれた。

「あんたの親父さんから頼まれたのさ」

アリスの父は命を賭けて村を守った。そして生前の父の言葉は、アリスに村での居場所を与えてくれている。どこかに嫁ぐまでの間の仕事に困ることはないだろう。

村長が紹介してくれたのは、村の近くにある丘の上、そこに建つ古い貴族屋敷に新しく住み始めた人物に仕える仕事だった。

貴族屋敷、と言っても周囲を高い石の塀に囲まれたそれは、簡易な砦だ。

昔はこの地を支配する貴族が実際に砦として運用していたらしいが、月日が経ち、こんな田舎には無用の長物となった。それでも完全に廃棄するには忍びないと、細々とながら保守、点検されてきた代物である。

　その貴族屋敷の新しい主人は、秋の終わりに、質素な二頭立ての馬車に乗って村にやってきた。

　従者の中年女に手を引かれて馬車から降りてきたのは、白いドレスを着た女性だった。

　二十代の前半とおぼしき、背の高い、美しい女だ。黒髪が陽光を反射して艶やかに輝く。まるで湖の貴婦人だ、とアリスは思った。この地に伝わる伝説で、精霊たちの守り手、湖の騎士の母であるという存在だ。目の前の人物はその生まれ変わりのように思えた。

　ところが彼女は、みた目に反して気安い人物だった。

「アレクサンドラだ。気軽にサーシャと呼んで欲しい、アリス」

　貴族屋敷の門の前で出迎えた少女に対して軽快な調子でそう告げた。

「人のいないところでは敬語を使わなくても構わないよ」

「ですがサーシャ様は、お貴族様なのですよね」

「違うよ。今も昔も、僕は貴族という枠に収まったことがない。貴族を顎で使っていたことはあるけどね」

　それは貴族ということでは？　とアリスは首をかしげたが、雇い主である彼女に反論するのはためらわれた。彼女は笑って、「もっと気を楽にしてくれていいよ」と言うが、こちらは村長から「東方で働いていた偉い人らしいから失礼のないように」と言われているのである。どうしたって緊張してしまう。

東方というのが王様がいるところだ、という程度の認識はアリスにもあった。つまり目の前の女性は、王様に仕えていた偉い人のはずなのだ。

あ、でも。そもそもあっちの方では大きな戦があって、王様が亡くなったりしたんじゃなかったっけ？　こんどは女王様が即位したとかいう話で、これからは新しい時代なんだとか。お貴族様もいろいろあってたいへんだとか。

アリスにはよくわからないけれど、とにかく東方はそんなすごいところなのだ。

サーシャ様についても、最初は権力争いに敗れてこっちへ来たという噂が流れていた。でも実際のところは病気の療養のようだ。だってサーシャ様ときたら、あまりベッドから出ないし、身体が弱いのだ、といつもおっしゃっているし。

「僕は、いろいろあって、もう戦える身体じゃないんだよ」

「お貴族様は、女性でも戦うのですか？」

アリスは目を丸くして訊ねた。彼女のご主人様は苦笑いする。

「あまり、戦う人はいないね。でも僕は、陛下によって、円卓の騎士に任じられた身だった。ここに来るとき、そういう過去とは縁を切ったのだけどね」

「円卓の騎士様……？　やっぱり、ご主人様はお貴族様より偉い方だったんですね」

円卓の騎士は、おとぎ話に出てくる偉い人たちだ。お願いすると、それを叶えてくれるのだと亡き母が言っていた。

つまり騎士様より偉いお貴族様より偉い円卓の騎士様だったサーシャ様は、とても偉い人だったということである。やはり充分に敬わなければいけないお方であった。アリスは、へへー、と頭を下げる。

「参ったね。口が滑ったか」

対してサーシャは、少し困った様子で笑っていた。

「とにかく、適当に頼むよ。頼りにしている」


アリスは自分の新しい主人のことを、美しい女だと思っている。むしろ毎日、その思いを新たにしている。

朝、彼女を起こしに行く。

秋の終わり、昨日は珍しく夏のような暑さだった。

純白のカーテンごしに広い窓から朝日が差し込む。その光を浴びてベッドから半身を起こし裸身を晒す彼女は、神々しい光に包まれているようにみえた。艶のある長い黒髪が風に揺れて黄金色に輝く。

やはり彼女は精霊たちの守り手、湖の貴婦人ではないだろうか。アリスは思わず部屋の扉を開けたところで見入って、ぼうっと突っ立ってしまう。

サーシャがアリスをみて、笑う。胸の高鳴りと軽い眩暈《めまい》を覚えて、替えのシーツを抱えたままアリスはその身をくらりと揺らす。

「おはよう、アリス」

「おはようございます、サーシャ様。お加減はいかがでしょうか」

「今朝はだいぶ調子がいい。朝食は食堂でとるよ」

主人の調子が悪いときは寝室に食事を持っていく。それも、半分くらい残してしまうことが多い。でも今日のように調子がいいときは、食堂で朝食をとって、しかもおかわりまでする。

だからアリスは、毎朝、多めに料理をつくることにしていた。余ったぶんはお昼にまわせばいいし、なんなら午後から屋敷に来る子どもたちにふるまってもいい。

そう、村の子どもたちは、毎日のようにこの屋敷へ通うようになった。

サーシャが初歩の算術と読み書きを教えているのだ。アリスも子どもたちと一緒になって勉強している。最近ようやく自分の名前を書けるようになった。

幼馴染みの少女と互いの名前を書いて、それをみせ合った。一部、同じ文字が使われていることに気づいた。自分の年齢と亡くなったときの母の年齢を足すと、父の年齢になることも知った。勉強は面白い。

「久しぶりに剣を握るとするよ」

　朝食の後、サーシャが言った。

　屋敷の女主人は一本の剣を持ちだして、庭で鞘から抜く。踊るように薙ぎ、払い、突いてみせた。淀みのない、流れるような動きだった。

　最初はゆっくりと、次は同じ動作を少し早く。そしてしまいには、アリスの目では追いきれないくらい素早く剣を動かしてみせる。一連の動作を終えた後、サーシャはおおきく息を吐きだす。たちまち全身汗をかいていた。

「駄目だね、すっかり身体がなまっている。片手でもこんなものか」

　サーシャ自身は、自らの動きにたいそう不満そうであった。

　アリスは首をかしげる。あれだけのことができれば充分ではないかと思うのだ。亡くなった父が毎日、槍で訓練していた。その父が村では随一の戦士であったという。サーシャは父とは比べものにならないほどよく動けているように思う。

　やっぱり円卓の騎士様はすごいなと感嘆してしまう。なのに、いったいどこが駄目なのだろうか。

「本当はね、僕は二本の剣を使うんだ」

「それはつまり、今の二倍、凄いのでございますね」

「実際はそう簡単な話ではないのだけれど、まあいいか」

　サーシャは説明しようとして、諦めた様子で力なく笑った。

「完璧にはほど遠い、というのは確かだよ」

「訓練を一日、怠けるととりもどすのに三日かかる、ということですね。父がよく、そう申しておりました」

「そんなところだ。立派なお父上だったのだね」

そうですとも、とアリスは胸を張る。最後のあの日、父は泣くアリスの頭を撫でると村長の妻に預け、長い槍を手に村長や仲間たちと村を出ていった。村から離れたところで山賊と戦うのだと言って。その背中が、アリスが最後にみた父の姿だった。

父の亡骸はみせてもらえなかった。酷い有様であったのだという。勇敢に戦い、最後の最後まで山賊に喰らいついた。おかげで村の他の者たちは生きて帰ることができたのだと、帰ってきた若者たちは言っていた。共に戦えたことが誇らしい最期であったと。

誇りなんかより、父に生きていて欲しかった。でもアリスはそう泣き叫ぶことが正しくないと知っていたし、村の人々もそんなことは望んでいないことは明らかだった。だから静かにひとりで涙を流した。

毎日、墓の前に行って泣いた。

正しくあれ、まっすぐであれ、とは父が口を酸っぱくして繰り返したことであったからである。そうである限り、アリスは背中にいつも父の巨躯を感じることができた。

縁談の話は村の中と他の村とでいくつかあったけれど、断った。親が亡くなってから三年は結婚しない、というのが村の一般的な定めであったからだ。

大人たちは、今回は例外だと言う。でもアリスはそんな特別扱いが嫌だった。何よりも、結婚したら父の娘のアリスではなく、誰かの妻のアリスになってしまうような気がした。

ずっとは無理でも今しばらくは、誰かの妻アリスではなく父の娘のアリスでありたかったのだ。


アリスの村の周囲には葡萄畑《ぶどうばたけ》が広がっている。東の山をひとつ越えた先では牧畜が盛んだという話だけれど、アリスの村にいる羊や牛や豚は、村人が利用するのに最低限の数だけだ。

もっと豚が増えれば毎日お肉が食べられるのに、と父に文句をつけたことがある。父の返事は「豚に葡萄が喰いつくされてしまうよ」であった。

「うちは葡萄酒《ヴィノー》を売って、肉を買う。隣の村は肉になる動物を育てて、葡萄酒を買う。昔々、お互いにお互いの必要なものをつくることにしたんだ」

「どうして？」

「村と村が喧嘩《けんか》しないで済む」

父の話は当時のアリスには難しかった。今もよくわからないことがたくさんある。

村はたいして裕福ではないが、村の近くの丘の上には古びた砦があった。

お偉い貴族様が使うから、通称、貴族屋敷。

年によっては貴族様がいらっしゃらないが、その場合でもかわりの使用人が管理しているからみだりに近づいてはならぬ、と子どもの頃から教え込まれた場所である。

今年の夏、屋敷は無人であった。管理する者すら引き払い、東に行っていたそうである。戦争があったらしい。そのせいで例年より無防備となったこの村は、山賊に目をつけられた。

結果、アリスの父の犠牲によって村が守られた。

その後、貴族屋敷は他の貴族様の手に渡って、今の主である若い女性が人目を忍ぶようにしてやってきた。アリスはその使用人として、彼女に仕えることとなった。

そういう次第である。

貴族屋敷の新しい主人であるサーシャは病弱だが世話焼きで、村に来てからしばらくすると子どもたちの人気者になった。

屋敷に子どもが遊びに来るようになると、子どもの親たちから「お貴族様に迷惑をかけてはいけない」という声があがった。するとサーシャは、子どもたちに簡単な算術や読み書きを教えはじめた。

いずれそれは彼ら彼女らの役に立つ、これからは学問の時代が来るだろうと、サーシャは子どもたちの親を説得した。お貴族様にそんなことを言われては、学問など必要ないと渋る親たちとて否とは言えない。

村の子どもたちは、半分は遊びで、半分は真面目に将来を考えて、屋敷に通うようになった。

現在、ほぼ毎日、そうした集まりが催されている。アリスたち若い男女も、数人はそれに参加していた。

「数を数えて、将来、何の役に立つのか？　今日はそのことについて考えてみよう。そうだね、たとえば君たちが商人と取り引きをするとき、金額をごまかされるかもしれない」

「アンソンさんは、そんなことをしねぇ」

若い男が声をあげる。アンソンは毎年、秋になると村を訪れる行商人の名だ。

「ずっと同じ商人が葡萄の取り引きをしてくれるとも限らないだろう？　それに、この村だってたまには他の行商人が来る。恋人のために貯蓄を崩して髪留めを買うくらいの甲斐性《かいしょう》がある者はいないのかい？」

そう言われてしまえば、男たちとて算術をおろそかにはできなくなる。

読み書きも同じだ。契約書に何が書かれているかわからなくては、恐ろしくてサインができないというものだ、とサーシャは語った。

「かくいう僕も、以前、契約で少し失敗してね。おかげでこんな身体で、療養するはめになった」

「貴族様が、契約で失敗なんてなさるのですか」

「僕は貴族じゃないよ。それはさておき、むしろ偉い人の方が不利な取り引き、有利な取り引きの見極めが難しいものさ。いろいろな条件が絡んでくるからね。それの専門家を雇って、助言を受けながら何枚、何十枚もの羊皮紙《ようひし》を読み込んで、はじめてペンをとりサインをする。本来、契約とはそれくらい慎重にするものなのさ。君たちも羊皮紙に自分の名前を書くときは、よくよく注意したまえ。場合によっては百年働いても返せない借金を背負い、家族ともども鉱山で働くことになる」

その話を聞いていた葡萄畑で働く若者の何人かは震えあがり、翌日から熱心にサーシャの講義に参加するようになった。村の外に買い出しに出ることが多い者たちが、特に積極的だった。

「彼らは村の外の世界を知っているからね。アリス、君も一度くらいは外に出てみるといい。別の視点でものごとを見ることができるようになる」

「それは、村娘に必要なことなのでしょうか」

「ほかならぬ僕がそうだったからね。本来は、僕もただの村娘として一生を終えるはずだったんだ」

貴族様は生まれたときから貴族様だと思っていたアリスは、その言葉にとても驚いた。聞けば、才能を見出されて貴族になるような者もいるのだという。

「僕の場合は少し特殊な事情があったのだけれど、そういうこともあるのだ、くらいに思っておいてくれると嬉しい。戦姫という制度について、この島の人にも理解できるように説明できる気がしない」

「戦姫、ですか」

「ずっと東にある国の制度さ。冬はここよりずっと寒くて、厳しい土地だった」

彼女はこの島の生まれではない。それは言葉の訛りでもわかった。

遠くて寒いところから来た貴族様、ということだけわかれば、アリスには充分だったのである。それ以上の知識など、彼女に仕えるに際して必要なかった。これから先、アリスが生きていくためにも。

彼女の仕事は料理と洗濯、それから掃除である。屋敷は広いが、当座の使う部屋だけを片づけてくれればいい、と言われていた。サーシャは手のかからない主人で、「面倒ならもっと手を抜いてくれてもいいよ」とまで言う。

庭に関しては専門の庭師にお願いしていたし朝に夕に井戸から水を汲むことにも専門の使用人がいる。そのあたりは昔からの村のきまりで、屋敷が売られたときもその権利を保持した者が引き続き、雇用されている。貴族が払うべき対価であった。

「水汲み専用の使用人、か。なるほど、地方によっては面白い風習があるものだね」

サーシャはそういったことに詳しくなくて、アリスの説明にいちいち感心していた。

もし「そんな人はいらないよ。解雇しよう」と言われたらどうしようかと思ったけれど、幸いにして彼女は己が払うお金についても無頓着で「適当に頼むよ」と、そのあたりの事務も家令に任せきりにしていた。

この家令は東方からサーシャがやってきたとき従者をしていた中年の女で、寡黙だが礼儀正しく、やるべきことはきっちりとこなす人物である。村長の紹介でやってきたアリスの雇用を正式に決めたのも彼女であった。

女家令の何かを値踏《ねぶ》みするような視線でじっとみつめられると、アリスはいつも落ち着かない気分になる。とはいえ悪い人物ではなく、アリスの調子が悪いときはすぐにそれを見抜き「今日はもう、お休みください。ご主人様には申しておきます」と気を利かせてくれたこともある。

もっともその日の夕食は焼け焦げた魚料理だったそうで、サーシャは笑って「彼女にできないこともあるものだね。次にアリスが休むときは、村長に代わりの人を頼むとしよう」とアリスにだけこっそり告げた。

「僕が料理をしてもいいのだけれど、この島の味つけには詳しくないからね」

「あの……今更ですが、私の味つけでよろしいのでしょうか」

「僕は君の味つけが好きだな。故郷の味とはだいぶ違うけれど、この島で生きている、という感じがするんだ」

不思議な表現だったが、どうやら褒められたらしい。

ともあれそういうわけで、アリスは彼女の世話をしながらひと冬を過ごした。

幸いにして、今年のアスヴァール島は暖冬で、雪もほとんど降らなかった。東では食べ物が足りなくてたいへんだったという噂も伝わってきたけれど、辺境のこのあたりでは夏に豊作だったこともあり、アリスたちの村は平穏無事な冬を過ごせた。

春が来た。

†

「無頼者の集団が、このあたりに流れついたそうだ」

そんな噂が流れた。去年、アリスの父が死んだ戦いで壊走した山賊たちが新たな仲間を加えて戻ってきたという話もあった。

あのときの黒竜団と名乗る彼らは、自分たちには竜の加護がついている、と行く先々の村を脅して女や食べ物を奪っていた。団長の男は口から火を吐いたという。

最終的には複数の村が結束して立ち向かったことでこてんぱんにされて逃げ出す程度の奴らに過ぎなかったのだけれど……。

「奴らがまた戻ってきたとなると、厄介なことになるだろうな」

ある日、アリスが貴族屋敷から買い出しで村に下りたとき、村長に掴まってそんな話をされた。ここ数年、めっきり頭髪が薄くなった三十代後半の男である。

去年の夏までは、もう少し髪の毛があったのだ。親友であったというアリスの父と共に山賊の討伐に向かい、そして帰ってきたときには髪に白いものが交じっていた。それから一気に老け込んだ。戦場で、よほどの地獄をみてきたのだろうと噂されたものである。

かつてアリスの父は、村長のことを「あいつは子どもの頃から気の弱い奴だった」と評していたものである。

頭はいいし武器の訓練はしていたが、本番に弱い人物だと。しかし彼はいずれ次の村長となることが約束されていて、父である先代の早逝《そうせい》によって二十代で村を背負うことになった。

それから、表向きは弱音ひとつ吐かず己に与えられた責務を果たしていたという。山賊退治に赴くときも、先頭に立って歩いていたとも。

一時期、村長の家の世話になっていたアリスは知っている。夜ごと、村長が悪夢にうなされていたことを。そのことは秘して欲しいと家族やアリスに懇願した。

もう二度と戦いに出たりしたくない、とこぼしていた。

それでも今、村長は言う。

「村の者たちに武具の準備をするよう伝えたよ。俺たちが、今度こそデニの仇《かたき》をとる」

デニは父の愛称だ。アリスは思わず「また戦いに行くの？」と訊ねていた。村長は笑って、毛の薄い頭を撫でた。

「もちろんだ。俺は村長だからな」

口調は勇ましいものの、蒼い顔をしていた。

貴族屋敷に戻って、アリスは女主人に村での出来事を語った。

「そうか、中央の混乱で君たちには迷惑をかけるな」

サーシャは言う。どういうことかとアリスは訊ねた。

「春から秋にかけて諸侯が争った結果、多くの兵が軍を脱走し、一部が山賊になった。傭兵が戦場から逃げて、そのまま賊になった例も多い。この村を襲った者たちも、そういった奴らの一部だろう。国が混乱すれば、それだけ民が苦しむ」

「山賊になる奴らが悪いんです。ご主人様のせいじゃありません」

「そうかもしれないね。でも、ものごとには原因と結果がある。因果関係から目を背けることはできないよ」

サーシャの話は難しくて、アリスにはよくわからないことが多かった。このときもそうだ。女主人は過剰に責任を抱え込んでいる気がした。村長と同じだ。あれでは、遠からず胃を痛めてしまう。女主人には、いつまでもアリスの料理をおいしく食べて欲しかった。

食べ物をおいしく食べられれば、たいていの悩みは吹き飛ぶものである。

「羊の肉が手に入ったんですよ。シチューにしますね」

アリスは台所へ向かった。

†

翌日の朝、アリスの女主人は寝室にいなかった。

庭の方から強い風の音が響いている。寝室の窓から外を覗くと、革鎧を着たサーシャが二本の小ぶりの剣を交互に振っていた。剣を振るたび、風が鋭く切り裂かれ、まるで竜巻のような音が発生しているのだ。

革鎧から露出したサーシャの手足をみつめる。引き締まった筋肉が脈動していた。

アリスが見守るうちに、サーシャは剣を振るう間隔を狭め始めた。連続した風切り音が宙を切り裂いていく。足もとの草が踏み込みで深く抉《えぐ》れる。剣先が朝日を反射して眩く煌《きら》めく。アリスは目を細めた。

旅芸人の踊りのようにテンポのいい剣の舞だった。いや、旅芸人の芸が陳腐に思えるほど素晴らしい剣舞であった。

ほどなくして、訓練が終わる。サーシャが屋敷の方に向き直る。アリスは慌てて彼女に声をかけた。

「朝食だね。わかった、すぐ行くよ」

春先で、朝はまだ肌寒いというのに、女主人は全身で汗をかいていた。

サーシャは水汲み専属の使用人が汲んだ井戸の水を浴びた後、アリスのつくった朝食をとった。焼いたベーコンを切り分ける最中で、サーシャはナイフとフォークを一度ずつ、床に落とした。

彼女が食べ終わったところを見計らい、アリスは訊ねる。

「ご主人様は山賊退治に参加されるのですか？」

「いや、まさか。今の僕じゃ足手まといになるよ」

女主人は首を横に振る。

「残念だけどね。少し剣を振っただけで、この通りさ」

女主人は手を差し出して、アリスに握らせた。アリスは驚く。その手は小刻みに震えていて、握力は幼子のように頼りなかった。ナイフとフォークをとり落としたのもこのせいなのだと、今になって気づいた。

――この方のお身体は、ここまで弱っていらっしゃるのだ。

相手が笑う。

「今の僕の状態は、僕がいちばんよくわきまえているよ。心配しなくても無理はしない。残った時間を有効に使うために、ここで過ごすと決めたんだ」

「ご主人様……」

残った時間。その言葉を聞いて、改めてアリスは彼女をまじまじとみつめた。

よくみれば、眼窩が落ちくぼみ、心なしかここに来たときより頬がこけているようだった。

病気だと聞いたが、彼女のそれは時間が経てば治るようなものではないのだ。時間の経過は、ただ彼女をじわじわと弱らせていくだけなのだ。

「少し疲れたから、昼まで休むよ。それから村に下りよう。アリス、買い出しのついでで構わないから村長に連絡を頼む」

「自ら村に赴かれるのですか？」

「念のためにね。何かあったときを想定して、村長と打ち合わせをしておきたい」

何か、というのが有事、すなわち山賊が襲撃してきたときを想定してのことであると、アリスにもすぐにわかった。

男たちがいない間に村が襲われる可能性は充分にある。たしかに、いざという時、どこに逃げるかを確認しておくのは大切なことだ。村も簡単な柵に覆われているが、この貴族屋敷も身の丈より高い塀に囲まれている。

去年はアリスも含めた女子どもは全員、この屋敷の庭に隠れて、男たちが帰ってくるのを息をひそめて待っていたのである。

去年の場合、使われていない貴族屋敷は緊急時、村の自由にしていいという規定の通りの行動であった。今年は女主人の考え次第であるが、彼女は村のためなら喜んで屋敷を開放するだろう、という確信がアリスにはあった。

念のため、去年の対応とそうなった場合の食料の備蓄手段について伝えておく。

「必要な物資については村の人たちに運び込んでもらおう。何かあったら、アリス、君が先導して自由に動いてくれ。お金については心配しなくていい。使いきれないほど……とは言えないが、女王陛下には相応に配慮して頂いているからね。村を守るためなら彼女だって異存はないだろう」

さらっと、彼女は女王、と言った。女王様と知り合いなのだろうか。お貴族様なのだから、当然かもしれない。少しだけ胸の高鳴りを覚えた。

東の方ではどんな人々が暮らしているのだろう。

山賊たちも東から来たらしいから、いい人ばかりではないのだろうけれど……。

「細かいところや村の慣習については、君の方でよろしく頼むよ」

アリスは主人が寝ている間に村へ向かい、村長と話し合うことにした。


はたして、昼過ぎ。

村に現れたサーシャは、普段、教鞭をとる子どもたちに囲まれて困惑していた。子どもたちには、すっかり彼女が村に遊びに来たと思われているようだ。しきりに服の裾を引っ張る子どもに、お貴族様になんてことをと親たちが慌てている。

「今日は村長と話があってね。遊ぶのは、また今度にしよう」

サーシャは笑って無作法な彼らを許し、アリスを伴い村長の家に向かった。

「元気な子たちばかりで、村の前途は明るいね」

　髪の薄い頭を掻きしきりに謝罪する村長にも、そう言って気にしていない旨を伝える。

「さて、村長。あの子たちの前途を切り開くために、今の僕たちがするべきことを話し合いたい」

「近々、五つの村で男たちを集め、大規模な山狩りをいたします」

　村長は背筋をぴんと伸ばし、そう告げた。先ほど、この地の領主の指示をたずさえた使いが来たのだと彼は話す。

　周辺には森の深い山が多い。山賊の隠れる場所はたくさんあるということだ。領主の私兵を出すにしても、まずは敵の場所を知ることが肝要であり、それには土地勘のあるこの周辺の者たちが流れ者の痕跡を探した方がいいであろう、とのことであった。

「討伐は領主様が直々になさるとのことです。けっして無理はするな、とおっしゃってくださいました」

　領主は、去年の夏、東の戦いに参加していた。山賊と村が戦っている間、不在であったということだ。今回こそはきちんと領主の役目を果たす心積もりであるようだった。心強い限りである。

「最初は狩人が中心になって動くのだね」

「ええ、現在はそれぞれの縄張りの山から情報を集めて貰っています。三日後に、それを踏まえた寄り合いが隣村で催される予定です」

「実に手際がいい。去年の夏の一件を踏まえて、誰かが手順書でも作っていたかな」

村長は「お恥ずかしながら、先代からの記録をもとに私がつくりました」と頭を下げる。

「おかげで去年の秋はろくに寝る間もありませんでしたよ」

アリスは驚いた。村長が夜な夜な、古い書物を漁ったり机に向かって書き物をしていたりと多忙であったのは知っていたが、まさかそんなことをしていたとは。

「当時、村で記録を読めるのは私だけでしたからね。サーシャ様が子どもたちに算術と読み書きを教えてくれると聞き、これで肩の荷が下りると思いました」

「渡りに船だったというわけか」

「これからも、なにとぞ村の子どもたちをよろしくお願いいたします」

ふたりは握手を交わした。

†

その後、村長の提案でサーシャと共に村の外周を見学した。防備の確認だ。サーシャは守りの弱い部分を的確に指摘し、防衛計画の修正を提案してみせた。

「提案しておいて何だけどね。男が出払うなら、やはり有事は僕の屋敷に避難した方がいいだろう。この村は守るには広すぎるし、女子どもと老人だけでは戦力が脆弱《ぜいじゃく》すぎる」

「サーシャ様から提案していただいて、まことに助かります。万一の場合はそうさせて頂きたく思います」

「この村の柵を強化する代わりに僕の屋敷の守りを固めて貰おうという姑息な策でもある。避難した場合、無人の村を山賊が好き放題に荒らすだろう」

「限りある人手であれば、集中する方がいいという理屈は子どもでもわかります。村人の説得に関してはお任せください。彼らも去年の夏を経て、甘い考えなどとうに捨てております」

アリスは知っている。去年は、そのあたりの意思統一すらたいへんだったのだ。勇ましい女たちの中には、山賊が来たら家を守るために戦う、避難などもっての外だと主張する者までいた。

彼女たちを説き伏せたのは、ずっと昔、別の山賊が襲来した時のことを知る老婆たちであった。老人連中は恐ろしい山賊たちの様子を克明に語り、村の一部に広まっていた楽観的な雰囲気を微塵に粉砕してみせたのである。

後でアリスが老婆のひとりに「大袈裟《おおげさ》に言ったの？」と訊ねたところ、その老婆は首を横に振って「あのときは村の男が半分死んだ」と重苦しい雰囲気で言ったものだ。山賊とは、地方の村々にとってそれほどの脅威なのである。

「家は、人が生き残ればまた建てられます。畑が荒らされても、また種を植えればいい。お前が守らなければならないのは村ではなく村人だ。今際の際の父から村長を引き継ぐとき、そう教わりました」

「あなたがそう言ってくれると、こちらとしても助かることだよ。守られる側の民に危機感がなければ、たとえ正規軍が来たとしても、対応が後手にまわってしまう。野盗の対策とはそういうものなのだ」

「お詳しいのですね。さすがは円卓の騎士様です」

村長は当然のように、彼女のことを円卓の騎士と呼んだ。サーシャは「それはやめてくれ。今の僕は、そんな大層なものじゃない」と苦笑いする。

「もう戦う力もほとんどないんだ。持ち上げられて、皆に勘違いされても困るんだよ」

「失礼いたしました。ですが、あなたの知識は頼りにさせてください」

「出来る限りのことはさせてもらうよ」

†

数日後、ひとりの狩人により村の近くの山中に東方より流れてきたらしき者たちの姿が確認され、山狩りが決定された。村長を先頭に、村の男たちが勇んで出陣していく。

「後のことは頼みます」

　彼が不在の間、村をとり仕切ることになったのはサーシャであった。ここ数日、毎日のように村に下り、村の女や長老たちと話し合っていたのはこのためだったのだろう。

　サーシャは男たちが村を離れるのを見届けたあと、てきぱきと指示を下す。物見櫓《ものみやぐら》に目のいい女を立たせる順番を決め、万一の場合、貴族屋敷に避難する手順を確認させる。

　貴族屋敷の門を閉じるためには、門の内側の巻き上げ機を稼働させる必要があった。たまに村の男たちが錆びつかないよう動かしているが、かなり重そうにみえたものである。女だけであれが動かせるか、まずは試してみるしかないだろう。

　避難の順番は、まず老人と子ども、妊婦からだ。家財の持ちだしは禁止する。糧食はあらかじめ貴族屋敷に蓄えておき、井戸の水だけでは足りないのであらかじめ毎日、川から多めに水を汲んでおいて籠城に備える。

「水は腐って長持ちしないからね。せっかくだ、これから毎日、湯を沸かして浴槽に溜め、村人が自由に入れるようにしよう」

　と貴族屋敷の浴槽を開放した。女たちは広い浴槽に入れると喜び、さっそく水汲みを手伝い始めた。見事な人心掌握術だ。

「籠城で一番怖いのは、病気が蔓延することだからね。普段から村人が健康に留意してくれれば、心配の種がひとつ消える」

　ふたりきりになったとき、サーシャはアリスにそんなことを語ってくれた。

「毎日、湯浴みをすると健康になるのですか？」

「統計的にはそういう結論が出ている。理由は知らないが、身体を綺麗にしていると病魔を寄せつけずに済むらしい。必ずというわけではないが、領主としてみる数字は正直だよ」

さりげなく、彼女がかつて領主であったと告げられた。なるほど、であれば村人に対する指示が的確で慣れているのもうなずける。村長はきっと、そこまで知っていて、彼女に後を託したのだろう。

「まあ、毎日湯浴みをする味を覚えてしまうと、あとが大変かもしれないね。村で共同の浴場を開く必要があるかもしれない。要望があれば資金を出すくらいのことはしなければいけないかな」

サーシャは悪戯っぽく笑う。たしかに、アリスも貴族屋敷で暮らすようになってからはサーシャが入ったあとの浴場でたっぷりと垢《あか》を落とさせてもらっている。

村に下りたとき、同年代の友人から「綺麗になった」と言われたものだ。そのときは、なにをお世辞をと思ったものだが……。

いや、アリスのそんな外見の変化を村人たちがみていたからこそ、貴族屋敷で湯浴みができることを村の女たちがこれほど喜んでいるのか？

だとすれば、サーシャが以前、アリスに毎日湯浴みをするように言ったのも、このときのことまで考えてのことなのだろうか。

「さすがに、そこまでの深謀遠慮《しんぼうえんりょ》はなかったよ。ただ、使用人には身ぎれいにしていて欲しかったというだけさ」

訊ねてみれば、首を横に振られた。

それが本当かどうかは、アリスにはわからない。


サーシャは貴族屋敷に戻らず村長の家に滞在し、不在の彼に代わって男たちの留守を預かる女たちに指示を与えていた。

村長の家族は彼女の支配を快く受け入れた。それが村長の指示でもある。村長の妻は「頼りにしております。自分は荒事などさっぱりなのです」といちいちサーシャの指示を仰ぎ、その様子をみていた女たちもそれに従った。

サーシャの声には、彼女に従っていれば大丈夫だと思える安心感があった。指示は常に明瞭で具体的、わからないことがあっても問い返せば、嫌な顔ひとつせず、噛《か》み砕いて教えてくれた。子どもたちはサーシャにことさら懐《なつ》いていたから、自分たちも手伝うと言って聞かなかった。その様子をみて、子どもたちの親もサーシャにいっそうの信頼を抱くようになった。

男たちが出陣してから一日が過ぎ、二日が過ぎた。

三日目、靄の漂う早朝。物見に立っていた若い女が、北東の森から村に近づいてくる怪しい影を発見したという報告をあげてきた。

†

アリスと村の女たちが見守る中、物見櫓に上がったサーシャは、しばし北東を睨《にら》んだあと、厳しい面持ちで梯子を下りてきた。

「今は霧が深くてよく見えない。でも、何かが霧に紛れて接近しているとしたら確かめる必要がある。馬を引いてきてくれ」

村に軍馬はないが、村長の家では伝令用の馬が二頭、飼育されている。山狩りをする男たちは、今回、馬は必要ないと村に置いて出陣した。

サーシャは革鎧をつけて二本の剣を腰に差すと、慣れた様子で栗毛の馬に飛び乗る。

「僕が出たら、すぐ門を閉めろ。皆、僕の屋敷に避難する準備をしておいてくれ」

そう言い残すと、初めて乗る馬を巧みに操り霧の中に消えていった。

ほどなくして、剣戟の音と男たちの悲鳴が聞こえてきた。サーシャに言われた通り避難の準備に忙しく走りまわっていた女たちが立ち止まり、互いに顔を見合わせる。皆、不安に顔を曇らせていた。

戦いの音は、すぐに止んだ。蹄《ひづめ》の音が近づいてくる。

サーシャを乗せた馬が戻ってきた。

霧の中から戻ってきたサーシャの剣と革鎧は返り血を浴びて赤黒く汚れていた。

その顔には凄惨《せいさん》な笑みを浮かべている。女たちの一部が悲鳴をあげた。

「先遣隊は始末したよ。五人もいた。これでしばらく時間が稼げるはずだ。今のうちに、子どもと年寄り、妊婦から丘に登れ。貴族屋敷の受け入れ準備はできているな？」

馬から下りたサーシャは矢継ぎ早に指示を出す。先ほどまで殺し合いをしていた彼女がまとう独特の臭いと雰囲気に周囲の女たちが気圧される中、アリスは真っ先に駆けより、女主人の手に握られたままの剣を預かった。

「お疲れさまでした、ご主人様。村長の家でお休みください」

「ありがとう、アリス。でもそんな時間はないよ」

「いいえ、避難の手順は頭に叩き込んであります。サーシャ様にはどっしり構えて頂いた方が、皆も安心しますよ」

サーシャは表情を和らげた。

「わかった、君たちに任せていいね？」

「もちろんですとも！」

女たちがうなずき、声をかけあって行動を始める。アリスはさりげなくサーシャの肩を抱いて、彼女を支えた。彼女が歩き出したとたん、よろめいたのを見逃さなかったのだ。

よくみれば、その顔は青白く、今にも倒れてしまいそうだった。脚が、手が、小刻みに震えている。

「無茶をなさいます。剣を握るのもお辛かったでしょうに」

「見栄を張らなきゃいけないときもある。ことに、命がかかった場面ではね」

「なら、今はそのときじゃありません。見ているのは私だけです」

村長の屋敷に入り外の目がなくなったとたん、サーシャはくずおれるように気を失った。出迎えた村長の妻が悲鳴を押し殺す。アリスは口もとで人差し指を立てて「静かに、ね」と告げた。

「このことは、村の人たちに隠し通さないと。皆が動揺してしまう」

「アリス、どうしましょう……」

村長の妻は声が震えていた。気が弱い女だ。アリスはしばらくこの家に住んでいたことがあり、その流されやすい性格をよく知っていた。だから、ここは強気で押し通す。

「ご主人様はお身体が弱いの。無理はさせられない。しばらく休めば、また元気になるわ。このまま、こっそり馬車で運んであげて」

「アリス、あなたはどうするの」

「ご主人様と打ち合わせしていたの。どうすればいいか、この後のことは完璧にわかっているわ。この方にかわって、私が避難の指示を出します」

村長の妻は震えながら、精一杯胸を張るアリスと気絶したサーシャを交互にみたあと、ぎこちない笑みをつくった。

「大丈夫、なのよね」

「もちろん。だってご主人様は円卓の騎士様なのですから。サーシャ様のご指示に従っていれば絶対に安全よ」

自信なんて何もなかった。自分だって震えていたい。怖い。今すぐ逃げる女たちの群れに交ざりたい。でもそれだと、村を守れないかもしれない。村人に犠牲が出るかもしれない。

父がなぜ、命を賭して村を守るために戦ったのか。ずっと考えていた。娘であるアリスのためだ、と皆は言った。今回、村の男たちは、アリスの父に続けと叫んで士気をあげていた。

肉親を守るためだからこそ、死を覚悟して戦えるのであると。

本当にそうなのだろうか。

だったら、今、アリスが戦う理由は何なのだろう。彼女にはもはや守るべき肉親がいない。父も母も亡くなった。兄弟姉妹も祖母祖父も存在しない。当然のこと、夫もいなければ子どもを産んだこともない。

――繋がりは、枷《かせ》。

不意に、アリスは気づく。

――父の娘でなくなる、というだけじゃない。私が結婚を厭《いと》っていたのって、そういうことだったんだ。

枷をつくりたくなかった。何かのために生きた父の背中をみていて、なぜだかそれが、無意味に思えてならなかった。強い繋がりを持った誰かのために死ななければならないなら、そんな繋がりなど欲しくはなかった。

少なくとも、今しばらくは。

そのはずだった。

――でも、今。私は村に献身している。ご主人様を偶像として、彼女の言葉と偽って村の残された人々に指示を出している。

もっとも、その指示というのはあらかじめ村で決められていた避難の手順に沿ったものであるし、本来は長老連中が出すべきものをアリスが代替しているに過ぎない。それでも皆が従うのは、アリスが自信を持って、はっきりとした言葉でああしろ、こうしろと告げるからだ。

生まれ育った村である。アリスだって、村人のことはよく知っている。

村の老人たちも、女たちも、普段は段取りよく、てきぱきと働く者たちばかりだ。

なのに今、村が襲われるという事態を前に、皆が余裕なく右往左往していた。こうしたことに慣れていないせいで、頭がよく働いていないのだろう。ともすれば立ち往生してしまい、ともすれば泣く子を前におろおろしてしまう。

アリスはそんな彼女たちを叱りつけ、次にするべきことを明確な言葉にして、その尻を叩いた。村の中を駆けまわり、ひとりひとりが動けているかどうかを確認して、戸惑っている者に対してその場で思いついた適当な指示を出し続けた。

指示が間違っていても、知ったことではない。何もしないよりは、ずっといい。

今、いちばん駄目なのは何もしないことである。村人たちも、冷静であればすぐに理解したであろう。訓練の通りに動けばいいのに、身体が動かない。頭がまわらない。そんな状態の人々を叱咤《しった》し続けた。

泣いている子どもを宥《なだ》めて母の背に乗せ、家宝の壺を貴族屋敷に持っていくと言ってきかない老人を根気よく諭す。

間もなくここに賊がなだれ込んでくるだろう。時間との戦いだった。

上空を覆う鈍色《にびいろ》の雲に切れ間が生じた。陽光が差し込む。

霧が、晴れる。

いつの間にか、日は中天《ちゅうてん》に達しようとしていた。

物見櫓の上に立っていた若い女が、今度こそはっきりと、村に近づいてくる集団の到来を告げた。

三十名以上である。

†

村に残っていた老人と女子どもの大半は、すでに貴族屋敷への避難が完了していた。気絶したサーシャも村長の妻によって馬車で貴族屋敷に運び込まれている。

まだ残っているのはアリスを含めた健脚の若い者たちだけだった。ならず者たちは東から接近してくる。この面々ならば、村の反対側、西門から出て丘を駆け登れば、問題なく避難できるはずだ。

「アリス、こっちの準備はできた。行こう！」

三つ年上の幼馴染みが見張り台から飛び降りて、アリスの手をとる。アリスはうなずき、彼女と共に駆けだす。

ところがそこで、とっくに貴族屋敷に行っていた女たちが数名、駆け戻ってくるところにばったりと出くわした。

「どうしたの、あなたたち」

「お産が始まっちゃったのよ！　ばあちゃんが薬を取ってこいって！」

しまった、とアリスは己の迂闊《うかつ》さを呪う。妊婦がいたことは知っていたが、出産は来月と聞いていた。最低限の荷物で避難するよう徹底させたのは自分だ。

目の前の女の祖母は産婆で、この村のお産にはすべて立ち会っている人物だった。彼女が必要だと言うのなら、そうなのだろう。

おそらく死産の危険があるのだ。下手すると母体にも危険が生じるような、緊急の事態である。そうでなければ、あの産婆も孫に危険を冒させたりはすまい。

「どの色の瓶？　私が持っていく。場所はわかるよ、前にお産を手伝ったもの」

幸いにして、彼女は産婆から「アリス、あんた暇なら、お産を手伝いな」と無理矢理に知り合いの出産につき合わされていた時期がある。

一度などは、まる一日以上かかる難産だった。産婆の指示に従い、あっちこっち走りまわった。おかげで産婆の家のどこに何があるのか、だいたい把握することができた。何が幸いするかわからないものだ。

「でも……」

「私の方が足が速いでしょ。もうお産が始まるなら、あなたはおばあについてた方がいいし」

「わかった、ええとね、茶色い瓶。棚の上段、奥の方にある。お願いね、アリス。あとできれば乾いた布も、持てるだけ」

「そっちは屋敷のやつを使って。場所は誰か知ってるでしょ」

慌ただしくやりとりして、アリスはひとり、きびすを返した。不運にも、産婆の家は村の東側だ。急がなくてはいけない。

そんなアリスを追いかけてくる足音がひとつ。振り向けば物見櫓からずっと一緒だった幼馴染みがアリスについてきていた。

「危険だよ」

「あんたは私が守るの。かけっこじゃ、いつも私の勝ちだったでしょ」

「それ、三つ上だからでしょ！」

彼女とかけっこをしていたのは二年くらい前までだ。その頃の三歳差はおおきい。嫁入りしてからはすっかりおとなしくなったと思っていたが、相変わらずのようである。

「あんたが死んだら悲しむ人がいる」

「馬鹿。アリスが死んだら私が悲しいの！」

不意にそう言われて、胸を打たれたような衝撃を受けた。身体の奥底から湧き上がる強い想いがある。そうか、と理解する。父が死ぬまで戦った理由を今こそ心から理解できたような気がした。

「ありがとう」

「そういうのは、ぜんぶ終わってからね」

三つ上の幼馴染みは照れたように顔をそむけた。走りながら器用なことだ。

アリスが産婆の家の棚から茶色い瓶を探している間に、村を囲む木柵に山賊たちの先頭がとりついていた。

薄汚れた男たちの視線が、木柵にほど近い家から出てきたふたりの少女に集まる。下卑《げび》た笑い声をあげる男たちに背を向け、アリスと幼馴染みは全力で反対側の村の出口に駆け出した。

柵が破壊される派手な音が響く。去年の春から夏にかけ、村の大人たちが苦労して柵を修復していたことをアリスは知っていた。森でたくさん木を切って、汗水垂らして運んでいた。同じくらいの年頃だった男の子が切り倒された木の下敷きになって怪我をした。

「また柵をつくらないといけないんだね」

「村の人たちが無事ならね。それ以前に私たちの無事を考えなさい」

アリスの呟きに、幼馴染みがそれどころではないと叱咤する。もっともなことで、現実逃避的な思考をしている余裕などなかった。村の西の門を抜け、貴族屋敷に続く丘の一本道を駆け登る。

「村から煙が！」

貴族屋敷に避難した村人たちが悲鳴をあげていた。

「あいつら、村に火をかけやがった。ちくしょう！　ちくしょう！」

後ろから山賊たちの怒号が近づいてくる。

「あっちの砦に人がいるぞ」

山賊のひとりが叫ぶ。

自分たちの逃げた方角で村人たちの避難場所が発覚してしまった。いや、どうせすぐに見つかるはずだったのだ。それ自体は、たいした問題ではない。

貴族屋敷は山賊が言うように実質的には砦だ。しかも堅牢《けんろう》で、去年まではよく手入れされていた。サーシャに払い下げられる際に、再度、修繕もされている。迂闊なことをしなければ、容易なことでは落ちない。

息が切れて、転びそうになった幼馴染みを片手で引っ張る。もう片方の手では瓶をかたく握っていた。こんなもののために命を張るべきだったかどうかはともかく、今は一刻も早く貴族屋敷を囲む高い塀の内側に飛び込むことが大事だ。

その貴族屋敷の門の前では、老人の男と中年の女たちが槍を構えて手を振っていた。女のひとりが中に戻る。門を閉める巻き上げ機に向かったのだろう。何度か試運転して、素早く門の開閉ができるまでに上達していた。

「アリス、急げ、急げ！」

あとは自分たちがあそこに飛び込むだけだ。

だが、そのあと少しが遠い。追いかけてくる男たちとの距離は、もはやその荒い息の音が聞こえるほどであった。少しでも足を止めれば捕まってしまうだろう。

と、貴族屋敷の塀の上にひとりの老人がよじ登った。引退した狩人だ。弓に矢をつがえ、射る。矢は放物線を描いてアリスたちの方に飛び、アリスのそばの地面に突き刺さった。狩人の老人が舌打ちする。

「俺も鈍ったな」

「ちょっと、へたくそ！　何しているのさ！　アリスたちに当たったらどうするつもりだい」

　下から中年女たちが老人に罵声《ばせい》を飛ばす。老人は肩をすくめたあと、二本目の矢を握り、弓弦《ゆみづる》を引き絞った。アリスは走りながら身をすくめる。矢が放たれる。

　矢が肉に突き刺さる鈍い音と共に、アリスのすぐ後ろでひとりの男の悲鳴が響いた。思わず振り向けば、地面に転がった男の手はアリスに向かってまっすぐ伸びていた。

　危ないところだったのだ。今まさに、男はアリスを掴もうとしていたに違いない。

　安心するわけにはいなかった。振り向いたことで、十人以上の山賊がアリスたちを追って丘を駆けのぼってきていることを知ってしまった。

　そのうち三人が、数歩の距離まで迫ってきている。

　さらに後ろの山賊たちが立ち止まり、弓に矢をつがえて貴族屋敷めがけて放つ。元狩人の老人が悲鳴をあげた。今度はそちらをみれば、反撃に慌てた老人が塀の上で身をよろけさせ、向こう側に転がるところだった。彼を心配する声が貴族屋敷の中で響く。

その後、元狩人の老人の元気な罵声が返ってきて、アリスは胸を撫でおろした。

　だが、もはや彼の援護は期待できない。

「ちょっと、アリス！」

　いつの間にか一歩先を行く幼馴染みの慌てた声。はっとした次の瞬間、アリスは転倒していた。地面を転がり、肩と背中を強く打って呻《うめ》く。

足もとの確認がおろそかになったとき、ちょうど地面から突き出た木の根に足をとられたようだ。茶色い瓶がアリスの手から離れて地面を転がる。あれを持っていかないと出産が、と考えて、それどころではないと気づく。

顔をあげようとして、汚い手にその顔を掴まれ、地面に叩きつけられた。衝撃で頭がぐらぐら揺れる。

「手間をとらせやがって」

幼馴染みと女たちが口々にアリスの名を呼ぶ。よかった、と少しだけ安堵《あんど》する。捕まったのは自分だけで、幼馴染みは無事に逃げ延びたのだ。被害は最小限で済んだ。

山賊たちがアリスを囲み、下卑た声で猥雑《わいざつ》な言葉を投げてくる。手足に力が入らず、まだ頭がぼうっとしていた。服に手をかけられた。

せめてもの抵抗として、アリスは手足を暴れさせた。金切り声をあげる。

「黙れ」

腹を軽く蹴られて、地面を転がった。低く呻く。顔をあげると、鈍く光る剣を構えて近づいてくる大柄な男の姿があった。にやにやと笑っている。あの目は、あの顔は、子どもが抵抗できない小動物をいたぶるときの目だ。

「あまり暴れるようなら、足の腱を切っちまうか」

「殺すなよ。砦のやつらに見せつけて戦意をくじくんだ。なるべく苦しませろ」

「おい、じじい。下手に矢を射たらこいつがどうなるかわかるな？」

泣き叫びたい気持ちをぐっとこらえて、アリスは男たちを睨みつけた。ここは貴族屋敷から丸見えだ。

「いい声で鳴けよ」

男のひとりがアリスの肩をつかむ。押し殺した悲鳴が口から飛び出た。身体を硬くする。

次の瞬間、その男の頭が宙を舞った。

呆気にとられるアリスの背に「身を低く」と聞きなれた声が飛ぶ。アリスはその言葉に従って頭を下げる。

しかしその視線だけは、男たちの方に向けていた。

山賊たちの間で風が走る。疾風に巻かれて、男たちの首から、胸から、肩口から、次々と血しぶきが飛んだ。

まばたきひとつする間に、五人の男が地面に倒れていた。

風が止む。アリスの前にひとりの女が立っていた。

「彼女は僕の使用人だ。手を出すなら、まずは僕に伺いを立てて貰おうか」

サーシャが、二本の剣を構えてそこにいた。

†

「村の人たちに、あまり心配をかけさせてはいけないよ、アリス」

かつてアリスはサーシャにそう言われた。サーシャが新しい貴族屋敷の主人として村の寄合いに顔を出した後のことだ。

「村の人たちに、何か失礼がありましたか」

「まさか。皆、よくしてくれたよ。貴族様がわざわざ恐れ多いことです、とひたすらに恐縮されてしまった。すぐ仲良くなれたけどね」

アリスはほっと胸を撫でおろした。無礼打ちになる村人はいなかったようだ。

「それより、君のことだ。アリス、僕のところに来るまで、君はずっと塞ぎ込んでいたんだって？　僕の前ではまったくそんな様子がなかったから、気づかなかったよ」

「ご主人様に不機嫌な顔を見せるわけには参りません」

「そういうところさ。別に僕は、君が不機嫌でも無作法でも、それを咎めるような主じゃない。それは充分にわかっただろう？　来客の前ではまた話が変わるけれど、それはそれだ」

サーシャが貴族としては変わった人物だという認識は、このときすでにアリスの中では充分に醸成されていた。

身分を気にしない態度が正しいことなのかどうか、彼女にはわからない。とはいえ、現在の貴族屋敷で働くことでアリスがある種の楽しさを覚えていることは否定できなかった。

「君は村という共同体に参加することに対して、息苦しさを覚えているのかい」

「そういうわけでは……ないと、思いますが……」

アリスも、父が亡くなってから、自分が村人たちに気を遣われていることは理解していた。父は村全体のための犠牲になったようなものだ。唯一、残されたアリスを見守ることは、父と肩を並べて戦った男たちにとって贖罪《しょくざい》のようなものなのだろう。

その気遣いが、苦手だった。

彼らはアリスの中に父を見ていた。そうである以上、アリスは父の娘として振る舞わなければならなかった。それは処世術《しょせいじゅつ》であり、同時にアリスが己であるために定めた枷であった。

「今の僕には多少のお金と、コルチェスターへの伝手《つて》がある。この屋敷を辞したあと、一度、この国の中央を見てみたまえ。一筆、したためておこう。君には視野を広げることが必要なんだと思うよ」

「私は解雇されるのですか？」

「そういうわけじゃない」

そのとき、サーシャは笑って、軽い調子でこう続けた。

「僕がもうすぐ死ぬということさ。やせ我慢しているけれど、この身は今は亡き精霊の重い呪いにかけられていてね。元気そうにみえても、もう長くは保たないんだ」

過日の言葉を、アリスははっきりと覚えていた。

だから馬に乗って山賊たちの状況を偵察に行ったサーシャが戻ってきたとき、その身に蓄積した疲労をすぐ見抜くことができた。彼女が倒れたことに対しても冷静に外面を保っていられた。心の中ではひどく驚き動揺していたとしても、それを表に出すことはなかった。

こうなるような気がしていたのだ。

故《ゆえ》に準備ができていた。サーシャの立場を引き継ぐことはできない。だがその威を借りて、彼女であれば出したであろう指示を村人に伝えるくらいのことはできた。

結果的に、村人はおおむね滞りなく貴族屋敷に避難したものの、足りない品があることに気づかなかった。サーシャが指揮していれば、もっと上手くやったに違いない。

アリスは、可能ならば、これ以上サーシャの手を煩わすことなくこの事態を解決したかった。サーシャが出撃するということは彼女の寿命を縮めるということだと、気絶した彼女を見て理解したのである。

なのに。自分の不始末で、彼女が今、ここにいる。

両手に剣を構えて一瞬で五人の山賊を切り伏せたサーシャは、アリスをかばうように立っていた。残る五人の山賊が後ずさりする。サーシャが一歩、踏み込む。また山賊たちが後ろに下がる。

サーシャの態度は優雅で、余裕のあるようにみえた。でもアリスは知っている。彼女は今、きっと立っているのがやっとなのだ。なのにピンと背を伸ばし、ただ目線と足運びだけで山賊たちを後ずさりさせている。

雲間から差し込む陽光を浴びて、黒い艶やかな髪が黄金色に輝いた。

やはりこの方は、精霊様なのだ。アリスは思う。精霊様が、村を助けるために降臨なされたのであると。

「こ、こいつ、知っているぞ！　円卓の騎士アレクサンドラだ！　俺の部隊はこいつ一人に全滅させられたんだ！」

山賊のひとりが叫んだ。戦場で相対したことがある者がいたらしい。ということは、この山賊たちの何人かは、もともと兵士であったのか。

「勝てるわけがねえ、ずらかれ！」

山賊のひとりがサーシャに背を向けた。

疾風が走った。続いて血しぶきが舞う。山賊の断末魔の声が響いた。サーシャが目にもとまらぬ速さで距離を詰め、その山賊に肉薄すると、その背に剣を突き刺したのである。革鎧の隙間を正確に抉ったその一撃は致命傷となって、山賊は地面に倒れた。

残り四人。

「一度にかかれ！」

彼らは雄たけびをあげてサーシャへ飛びかかった。サーシャは身を沈める。アリスはまばたきせず凝視《ぎようし》していたはずなのに、そこから先の彼女の動きが、見えなかった。

サーシャが消えた。宙を切り裂く高い音が立て続けに響いた。

と思ったら、彼女は少し離れたところに立っていて、四人の山賊は皆、喉や腹から血を噴き出していた。四人は絶叫と共に倒れ伏す。

アリスはこれまで貴族や騎士が戦うところを見たことがなかった。村の男たちの訓練は見たことがあったけれど、それは素人目で見てもたいして迫力のあるものではなかった。

そんな彼女でもわかる。サーシャの技量は傑出していた。元兵士の山賊を相手に、赤子の手をひねるようにねじ伏せてみせただけではない。実際に戦った彼らが動きを見失い、なすすべもなく切り伏せられてしまうほどの実力の差がそこにはあった。

円卓の騎士。我らが信仰するおおいなるもの。その名を冠するだけのことはあるのだと、このとき心から理解した。

だが、その力を発揮することにはおおきな代償が存在することもまた、アリスは知っている。

彼女の身体がわずかに揺れたことを、アリスは見逃さなかった。慌てて、立ち上がる。打ち身で全身が痛い。しかしそんなものは無視して、彼女はサーシャに駆け寄る。

「ご主人様」

「本当に、アリス。君が無事でよかった」

サーシャは笑う。その表情は、しかし真っ青だった。ひどく汗をかいている。外面をとり繕うことすらできていなかった。

　村から山賊の残りが顔を出す。まだ十人以上はいた。彼らは先に突撃した者たちが全滅していることに驚き、死体の前に立つ双剣使いの女をみて一瞬、ひるんだように後ずさった。

「恐れるな！　あいつは疲れているぞ、今が好機だ！　弓で一斉に狙え！」

　その中の首領と思《おぼ》しき大柄な男が叫ぶ。山賊のうち、弓を手にした四名がサーシャに狙いをつけ、矢を放った。放物線を描いて飛んだ矢のうち一本は見当違いの方向へ行ってしまい、彼女のもとに届く軌道を辿るのは三本。

　サーシャはこの矢を避けるわけにはいかなかった。なぜなら、背後にアリスをかばっているからだ。絶体絶命といえた。

　ところがサーシャはいっこうに動じず、小剣を三度、振るう。三本の矢はいずれも彼女の剣に弾かれ、近くの地面に突き刺さった。

「い、今、なにが……」

「下手くそ、外してるんじゃねえ！」

「違う、あの女が矢を斬り払ったんだ！　ありえねえ！」

　山賊たちが動揺の声をあげる。無理もない。すぐそばで見ていたアリスだって唖然《あぜん》としてしまっている。いったいどれほどの技量があれば、どれほどの修練があれば、人は飛来する矢を斬ることができるのだろう。

「まぐれだ、今度こそ……」

山賊の弓手たちが次の矢をつがえる。その前に、サーシャは地面を蹴って前傾姿勢で飛び出していた。坂を駆け下り、勢いをつける。

「来るぞ、撃て、はやく撃て！」

首領の声に従い、弓手たちが矢を放つ。だがそんな慌てて放った矢がまともに飛ぶはずもなく、いずれも接近するサーシャからおおきく軌道を外れたところに飛んでいった。

残る山賊たちが剣や槍を構える。槍を握ったふたりが獣のように吠えながら、丘を駆け下りるサーシャに刺突を浴びせた。

サーシャが跳躍する。身をひねって槍を飛び越え、宙返りして山賊たちの頭上から双剣を振るう。ふたつの頭部が胴体から切り離され、宙を舞った。空中で一回転したサーシャは首がなくなった槍使いたちの背後に着地する。

首無しの胴体が、鈍い音を立てて地面に倒れた。

サーシャはすぐ地面を蹴り、次の矢を弓につがえようとしていた射手たちの懐《ふところ》へ飛び込む。

山賊の弓手たちのうち、ひとりだけが弓と矢を落として懐の剣を抜くことができた。だがその者も、それ以外の者も、運命は同じだ。サーシャの小剣が四度、煌めく。弓手たちは喉を切り裂かれ、抵抗する間もなく絶命した。

この時点で、首領のとりまきだった山賊の数は半分以下である。

「円卓の騎士アレクサンドラ。敗戦の責任をとって首を刎ねられたとばかり思っていたが、こんな田舎に引きこもっているたぁな」

山賊の首領が大斧を構える。大柄なその身ですら不釣り合いなほど巨大な斧だった。それを軽々と振りまわしてみせる。おそるべき膂力だ。村の男たちでは数人がかりでも敵わないだろうとアリスは思う。

「だが、本調子じゃねえみたいだな。ふらふらじゃねえか」

彼の言う通り、サーシャは限界が近いようだった。

「そんな身体じゃ、剣を握ってるだけで精一杯だろうが」

「さて、君の身体で試してみるとしよう」

しかしながら身体を揺らしながら山賊の首領に向かって、一歩、また一歩と距離を詰めているその姿には、鬼気迫るものがあった。山賊の首領もその迫力に気おされてか、斧を構えたまじりじりと後ずさる。残る山賊たちは固唾を呑んで対決の様子を見守っていた。

呼吸ひとつ分の静寂。

しかる後、雷光のように両者が動いた。

両者が交錯する。はたして……。

地面に倒れたのはサーシャだった。アリスは押し殺した悲鳴をあげる。

だがその一拍後、山賊の首領は大斧をとり落とし、血を吐いてよろめいた。彼が身をひねる。

その背中にはサーシャの小剣が突き立ち、その刃は正確に心臓を刺し貫いていた。

それはサーシャの渾身の、そして最後の力を振り絞った一撃だった。彼女は力を使い果たして倒れたが、それと引き換えにして山賊の首領の命を奪ったのである。

首領が地面に倒れるまで、残る山賊たちは一歩も動けなかった。

「に、逃げろ……！」

生き残りの山賊のひとりが叫ぶ。

山賊たちは倒れたサーシャに背を向けた。算を乱して逃走を開始する。それを追う者は、誰もいなかった。

貴族屋敷から村人たちがばらばらと出てくる。女の何人かが丘を駆け下り、倒れたサーシャのもとへ走っていった。

アリスのもとへ数人が助け起こしに来る。その中には、幼馴染みの姿もあった。

「私はいいから、瓶を届けて」

「馬鹿」

幼馴染みは目にいっぱい涙を溜めて、アリスを抱きしめた。

†

サーシャは思う。

「これで、約束は果たせたかな」

この村に来る以前のこと。女王となったギネヴィアとの間に設けられた秘密裏の会談の席においてのことだ。

内乱終了後。

ギネヴィアは、反徒となった者たちのうち、民をみだりに虐殺した者など一部を除いたすべてを許すと宣言した。アスヴァールの統一のためこれ以上の時と資源を浪費するわけにはいかず、資源の中には当然、人も入っていた。

もっとも、すべてが元通りとは行かない。論功行賞《ろんこうこうしょう》は必要で、内乱において出せる褒美は限られてくる。たとえばダヴィド公爵とその一族は降爵の後、転封《てんぽう》となった。彼は隠居し、今はコルチェスター近郊に屋敷を構えているという。

時折、屋敷に女王が訪ねて行くそうだ。時事折々の問題について相談しているのだと周囲に語っていたとのことである。それはふたつに割れたアスヴァールの融和の象徴としての意味もあっただろうし、女王の側近に足りぬ知恵を借りる必要があったということでもあろう。

サーシャについては、最初、「私の騎士になりませんか」と誘われた。サーシャは重い呪いを抱えていることを理由にそれを断った。もはや満足な働きをすることは叶わない。

「ではアレクサンドラ、望みを申しなさい」

「どこか誰も知らない土地で、その土地独自の料理でも楽しみながらのんびり余生を過ごしたいと存じます」

ギネヴィアは「贅沢ですね。それは私が望んでも手に入らないものですのに」と笑った。冗談だとわかっていた。彼女の瞳には強い力が宿っていたからだ。

サーシャは気づいていた。まるで精霊に呪われた自分と同じように、彼女はそれに近い存在から呪いを受けていた。生涯、解けぬ呪いだ。しかしギネヴィアは、それを祝福と感じているようだった。恐るべきは、その身に宿した強烈な意志の強さだ。

そんな彼女だからこそ、反徒のすべてを許すと決断することができたのだろう。それによって生まれるすべての歪みを許容し、未来のアスヴァールのために身を捧げるという絶対の覚悟である。

だから女王は、サーシャにこう言ったのだ。

「辺境の地にあなたのための屋敷を用意いたしましょう。ですがひとつ、頼みがあります。これは命令ではありません。ただのお願いです」

そう前置きして、告げる。

「あなたにできる限りのものを、かの地の素朴な人々に与えてください。遠き未来のアスヴァールのために」

強欲なことだった。すでに命の灯が尽きかけている女から、その最後の一滴まで力を引き出そうというのだから。

「未来のこの地はきっと、栄えているだろうさ」

そして、今。

村を襲った山賊たちを、命を賭して撃破した後、サーシャは笑って意識を失ったのだった。

キャラクターデザイン・ラフ
〝エリッサ〟

第三話　ライトメリッツの春

†　†　†　†　†

アスヴァール内乱から半年後の春、ティグルヴルムド＝ヴォルンはライトメリッツの公宮で公主代理《アドワール》リムアリーシャの公務の手伝いをしていた。

一年経って、また元の関係に戻ったといえる。もっともすべてが元に戻ったわけではない。今のティグルにはアスヴァールから連れてきたメニオたち四人の部下がいる。彼らは現在、猛烈な勢いでジスタートの言葉と慣習を学習していた。

イオルたち若い三人はまだまだだが、もともと官吏の素質があったメニオはすでにリムアリーシャから「機密に関わらないものであれば、彼に任せておけば問題ないでしょう」と太鼓判を押されていた。

「ティグル、あなたも頑張ってくださいね」

猛烈な勢いで書類を片づけていくメニオを横眼に見て、リムアリーシャが言う。嫌味ではなく、本心からの励ましのようであった。とはいえこうも実力の差を見せつけられてしまうと、能天気なティグルとて、さすがにへこむ。

「領主としての資質と官吏としての資質は別のものですが、領主に官吏としての資質が皆無では困ります。なにごとも、まず最低限の成果を収めてこそということです」

その理屈はわかるし、だからこそティグルは今、こうしてまたリムアリーシャの下で領主の仕事というのを学んでいるのであった。

「アスヴァールの頃と比べても、この書類の量は厄介すぎるよ。公国の高度に組織化された官吏には、ブリューヌ人のひとりとして敬意を覚えるけどさ」

そんな愚痴がこぼれてしまう。そりゃあ、アスヴァールでリムが裏方の仕事を一手に引き受け、楽々とこなすわけである。普段からこの量の書類に慣れていれば、あれよりだいぶ簡素なアスヴァールの事務など片手間でこなせるだろう。

「公国の事務方は平民ですからね。貴族と違い家の縦横の繋がりで仕事をすることができません。些細なことでも形式と前例について書類で確認しなければならないのですよ」

「貴族は過程をすっ飛ばすことができるということか？」

「ええ、彼らは血のつながりと生まれもっての関係性で仕事をこなすことができます。ジスタートの七つの公国ではできぬことです。もっとも、この国の平民として育った私は、それをあまり羨ましいと思いませんが」

「リムは官吏になる資格試験を受けていないんだよな。でも、これだけ仕事ができる」

「試験は受けていませんが、受ければ合格していたと思いますよ。エレンに出会う前は神殿の教導室《きょうどうしつ》では一番勉強ができたので、教師のかわりに年少の子を教えていました。教師は、いつでも官吏への推薦状を書くとおっしゃってくださいました」

それは初耳だった。実際のところ、リムはあまり自分の話をしないのだ。

「昔の君について、興味があるな」

「当時の私に面白いことなんて、何もないですよ。どこにでもある町に生まれて、そこで育って、教導室で学んで、そこで一番になって……。そのうち官吏になるか、あるいは誰かに嫁ぐか……たいした将来の展望もありませんでした」

「官吏になっていたら、さぞ出世したと思うよ」

実際のところ、彼女の部下の官吏たちは「リムアリーシャ様が戻ってきてくれて、業務が本当に楽になりました」と口を揃える。ティグルとリムがジスタートに帰還したのは戦後に発生した無数の書類を処理していたさなかであるから、なおさらだったであろう。

リムは自他共に仕事への要求が厳しいものの、部下を思いやることができ、細かいことにもよく気がつく。官吏が戴く上司としては理想的な人物だろう。

「どうでしょうね。私の場合、戦姫様との仲を利用している面が大きいですから」

「彼女は、いくら仲が良くても無能な人物を公主代理に指名したりはしないさ」

「当たり前です。無能な人物が文官の頂点に立つなど、国を統べる者にとって悪夢そのものです」

実際のところ、それは軍を率いて戦うこととはまた別の資質であった。なにより多大な忍耐が必要とされた。ジスタートにおいても昨年は戦争の年で、その後遺症は直接の戦地とならなかったこのライトメリッツにおいても大きい。

　戦地となった海の近くでは脱走兵や流民が多数発生し、それらが野盗となって南方のこちら側にまで侵出していた。流通が滞り、商売が立ち行かなくなった者がいた。

　ライトメリッツの軍は限界近くまで戦地に投入されたため、各地の警邏も満足にいかなかった。公宮の目が行き届かぬうちに不埒なことを考える貴族がいた。

　それら戦禍《せんか》の爪痕《つめあと》をひとつひとつ、丁寧に治療していく必要があった。

　厳しい冬が来る前になんとか帰国することができたティグルとリムは、戦姫であるエレンの指揮の下、春を待たずにあちこち飛びまわり……雪解けの頃、ようやくある程度の解決の目途がついた。

　そんな折である。

　戦姫エレオノーラは、リムにしばらく全件を委ねる書き置きを残して姿を消した。

†

　そういうわけで、現在。

　ライトメリッツはふたたび公主代理となったリムアリーシャが治めている。

　ティグルも彼女の指示に従い、あちこち忙しく飛びまわっていた。去年一年の経験は無駄ではなく、ことに町や村との折衝においては互いの意見を聞いて最適な落としどころを見つける術に磨きがかかっている。

「ギネヴィア軍でも、兵士や騎士のもめごとをさんざん仲裁させられたからな」

すぐ武器を抜こうとしない分、ギネヴィア軍に参加していた貴族よりもライトメリッツの町や村の代表の方が交渉相手としてまだ楽だとすらいえた。

もっともギネヴィア軍では誰もがティグルの弓手としての実力、竜殺しの称号を認めていたし、その力を背景とした仲裁ができた。このライトメリッツにおいては、あくまで公主代理の下で働く者のひとりにすぎない。理屈と情をうまく使って諍いを収めていく必要があった。

これもひとつの修練だ、とティグルは思っている。

彼の目的は、相変わらず故郷のアルサスにある。ヴォルン家の跡取りとしてかの地の統治者になるための必要なまわり道であった。

「他国で、失敗しても手伝いが入る状況で、いろいろなことを学ぶことができる。命をとられる心配もない。こんなに気楽なことはないよ」

とついリムに漏らしたところ、「その責任をとるのは私なのですよ」と睨《にら》まれた。言葉には気をつけなければならない。

ある日のこと、村同士の水利権の調停を終えて公宮に戻ったティグルは、リムに呼ばれて、とある客人との茶会に同席した。

リムの古い知己が茶会の相手であった。といっても、年の頃はティグルと同じか少し下、くらいだろう。リムのことを「リムアリーシャ先生」と呼ぶ彼女は、以前、リムがまだとある町で子どもたちに勉強を教えていたころの生徒であるという。

名をエリッサ。ジスタートでは珍しい褐色《かっしょく》の肌と銀糸のようなさらさらの髪を持った、印象的な少女である。紅玉のような赤い瞳が興味深そうに、じっくりと値踏《ねぶ》みするようにティグルを観察してくる。

若くして公都に店を出したばかりの商人であるらしいが、その商才でティグルをどのように分析しているのか。いささか居心地が悪い。

「なるほど」

互いの自己紹介を終えたあと、エリッサは訳知り顔で何度もうなずいた。

「いいんじゃないでしょうか」

「エリッサ、無作法ですよ。何がいいんですか」

「ティグルヴルムド卿はリムアリーシャ先生にふさわしい殿方だと判断しました。私は歓迎します。結婚式には呼んでくださいね」

「気が早いですよ」

「否定しないんですね」

「彼にはまだまだ学ばなければならないものがありますし、そもそも他国人です。実現までには、さまざまな障害があります」

「でも、先生のことだから考えはあるんですよね」

リムはこれみよがしに咳《せき》をした。ティグルは怪訝《けげん》な表情をつくる。

ティグルとリム、ふたりの関係はもはや公然の秘密ではあるが、リムの言う通り、ブリューヌ人で伯爵家の跡取りであるティグルとジスタートの公主代理であるリムが結ばれるためには、互いに相応の努力が必要であるという認識は一致していた。

実際のところ、リムがエレンの副官という役目を捨ててしまえば話は早い。エレンとしても、ふたりの仲を認めてはいる。だがリム自身には、今のところそんなつもりは露ほどもないとのことであった。ティグルとしてもリムとエレンを離れ離れにするような真似はしたくない。

リムが露骨にエリッサに合図をした理由は、そこまで考えれば想像がつく。

何が必要なのか、どうすればいいのか、ティグル自身に考えさせようというのであろう。これもまた、彼が成長する機会のひとつであると。

「先生、悠長すぎませんか？　年を考えましょうよ」

「たしかに私はあなたやティグルより年上ですが、焦るほどではありません。それとエリッサ、あまり生意気な口を利くようなら、今後の取り引きについて考えさせて頂きますよ」

エリッサは、いささか大袈裟《おおげさ》にため息をつく。

「先生は私と同じで、仕事に一生を捧げるものだと思っていたんですけどねえ」

「好いた者と結婚すること、仕事に打ち込むこと、どちらか片方だけを選ぶなどという生き方はしません。エリッサ、あなたもようやく店を持ったのです、今後のことを考えてもいいのではありませんか」

鮮やかに逆襲されて、褐色の肌の少女はそっと視線をそらした。役者が違うなとティグルは思う。エリッサという人物もやり手の商人らしくなかなか口が達者だが、公主代理として数多の貴族を相手にしてきたリムには敵わない。

「それより、例の話をしましょう」

助け船、とばかりにリムは今回、ティグルも交えて会合を開いた理由、すなわち茶会の本題に入った。

「エリッサ、あなたの口からもう一度、秋の旅の話をしてください」

「ティグルヴルムド卿に、ですね」

ティグルも、ここに来る前、リムからざっと経緯を聞いている。そのうえで、エリッサの体験した物語について彼女自身の口から聞きたかった。

飛竜に乗りアスヴァール島やジスタートで暗躍していた人物の、その後の物語である。

エリッサは話が終わるまでに、二回、紅茶をおかわりした。

彼女の商会が短い間、旅を共にしたふたり。ひとりはリムが補足するところによると出奔した戦姫であるらしい。

「オルガ様か。エレオノーラ様といい、戦姫の方々はそんなに身軽なものなのか」

「普通は、そんな無責任なことはしません。ついでに、ティグル、その件については伏せるよう命じたはずですよ」

「あ、私はエレオノーラ様の事情を知っていますから、お気になさらず」

エリッサは苦笑いして手をぱたぱた振った。

「それより、もうひとりがおふたりにとって重要なんですよね」

「ああ、俺とリムが戦った相手だ」

赤黒い弓を持った女。エリッサから話を聞いて、すぐ思い当たった。結局、アスヴァール島ではあの人物との決着をつけることができなかった。その思いは顔に出ていたようだ。

「ネリー、か」

ティグルはリムと目配《めくば》せを交わしたあと口を開く。

「リムが片目を奪ったはずなんだが、治癒したんだな。サーシャからそれらしいことは聞いていたが……あいつはマーリンの呪いを受けなかったのか？」

「おふたりがアスヴァール島で体験したことについては先生からお聞きしました。とんでもないことばかりで、先生のお話でなければとうてい信じられなかったと思います。それはそれとして……私には、ネリーはそんなに悪い人には思えませんでした。そもそも、ネリーというのが本名か偽名なのかもわかりません。当時の私たちにとって、互いを呼ぶ名がどうであれ、関係がなかったのです。互いが友だと、それだけを理解していればよかった」

「たしかに俺たちは、あいつについて何も知らない。そもそも、あいつが女性だということすら知らなかった」

「ええ。ですからエリッサ、私たちは知らなければならないのです。あの者がふたたび敵となるかどうかはわかりませんが、そのときを想定して充分な備えをするべきです」

「情報があれば交渉する余地も出てくる。そうですよね、先生。私が情報を提供することでネリーと先生が和解する可能性があるなら、いくらでも協力しますよ」

無論、その情報によって彼女がネリーと呼ぶ人物が不利になる可能性もある。エリッサはそれくらい想定しているだろうが、それでも彼女はティグルとリムに情報を開示することを選んだ。それは商人としての生き方が故《ゆえ》なのだろう。

所詮は武人であるティグルやリムと違って、エリッサは人物の素性で駆け引きをしない。無論、それが金になる情報であればまた話は別であろうが……今回の場合、金銭面での損得は抜きであるという。

リムは最初、ネリーの情報について報酬を出そう、と交渉したのだ。だがエリッサはそれを断り、無償で知る限りのことを語ってみせた。

「金銭を貰ったら、友達を売ったことになります。それでは私が自分を許せません」

とのことである。一本、筋が通った考えであった。ティグルはそういった筋の通し方を好ましく思う。

「もう一度、ネリーという人と出会ったところから語ってくれないか」

改めて、ティグルはエリッサの言葉に耳を傾けた。

その日、ティグルは結局、紅茶を五杯、おかわりした。

キャラクターデザイン・ラフ
〝アレクサンドラ＝アルシャーヴィン〟
（白谷こなか版）

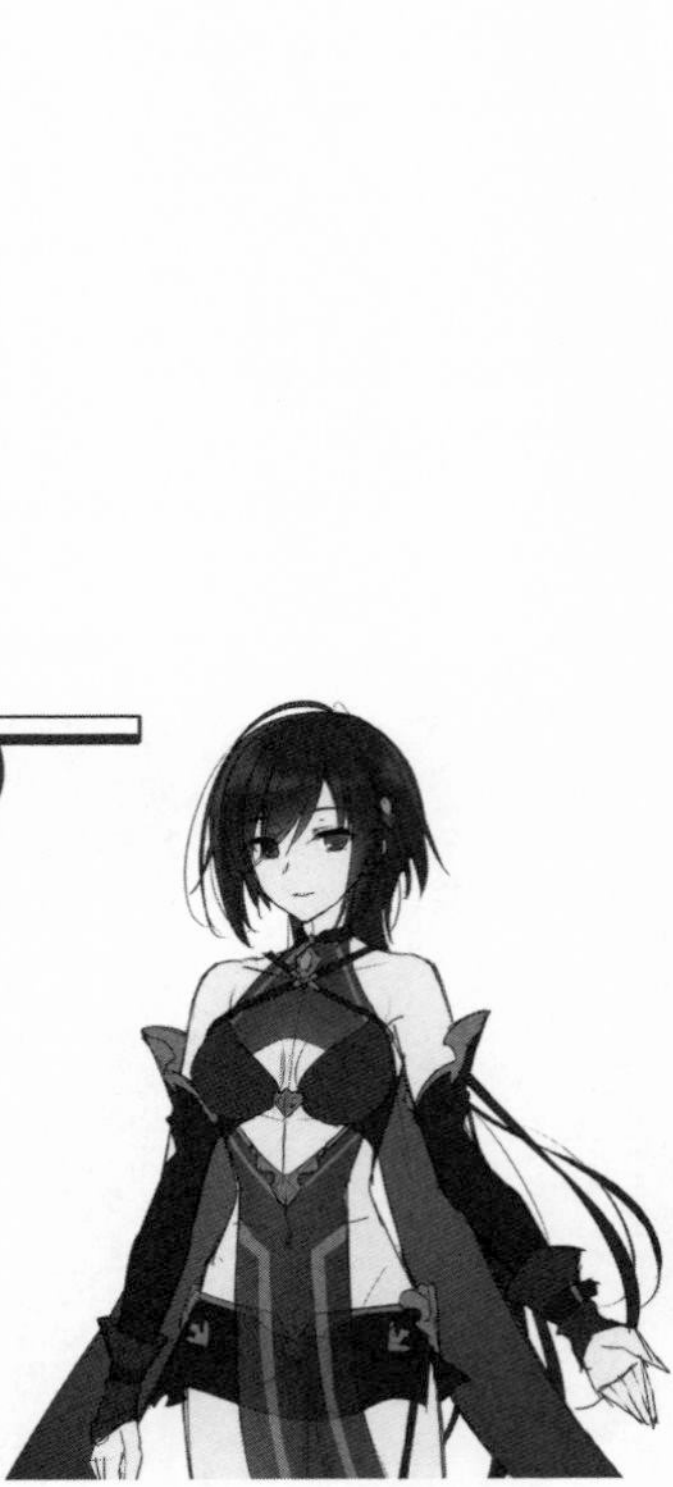

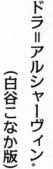

エピローグ

アリスの村が山賊の襲撃に遭った、その後のことである。

逃げていった山賊たちは、いずれも救援に駆けつけた領主軍によって討ちとられたとのことであった。

†　†　†　†　†

男衆によって行われた山狩りは空振りとなった。山狩りが行われると知った山賊たちが裏をかくため霧に紛れて山を下り、村を襲ったというのが真相のようだ。村から略奪できる限り略奪して、この地方から逃走を図る。そういう手筈だったのだろう。

村の倉庫からすべての食料を貴族屋敷に運び込む暇はなかったから、そのもくろみは危うく成功するところだった。彼らが欲をかいてアリスを狙わず、当初の目的通りに食料だけを奪って逃げたならば、非常に厄介なことになっていたに違いない。

結果から言えば、そうはならなかった。この地に流れてきた山賊団は全滅した。村の男衆も全員が無事に戻ってきた。

コーンウォール一帯に平和が訪れた。

「山狩りで、こーんなに大きな猪《いのしし》も出てきてね。大暴れして、大変だったよ。隣村の村長の息子が脚を折って、私も危うく突進を喰らうところだったんだ。太い木の上に逃げたら、何度も木に体当たりしてきて……狩人たちが必死に注意を引いてくれなかったら、木が折れてしまっただろうねえ」

村長はそんな武勇伝とも言えないような武勇伝をアリスに語ってくれた。心なしか、出発前より髪が後退しているような気がする。村の誰もそのことには触れなかった。どうせ、これから山賊に荒らされ、燃やされた村の復興でいっそう髪が後退するに違いない。

「多少、家が焼けても、人は無事だった。なら、なんとかなる。なんとかしてみせるさ」

村長は自分に言い聞かせるように、そう言うのだった。

いずれ、すべては元に戻るであろうと。

一方、村の救世主たる貴族屋敷の主、アリスの主人だけは別だった。

彼女は村が襲撃されたその日より、ベッドから起き上がれなくなった。

「悪しき精霊にかけられた呪いが僕の身体を蝕んでいる。もう戦いなんてできないと思っていた。でも最後の最後で、僕に残されていた力が役に立った」

山賊の襲撃があった日からしばらく後。

とある日の、昼下がり。

ベッドに横になり、天井を見つめて、サーシャは言う。

「いや、少し飾りすぎたかな。僕は、今度こそ戦って死にたかったんだ。最後の最後まで力を出し切りたかった。君たちのおかげ、と言ってはなんだけれど……僕の望みは、だいたい叶ったよ」

「今度こそ、ですか？」

「事情が複雑で、あまり上手く説明もできないんだけど、僕は一度死んで、蘇った」

やはりこの方は精霊様なのだ、とアリスは思った。

人は死んだらそれまでだ。アリスの父のように。だが物語の中で、精霊や妖精は、生と死とこの世とあの世の境目に存在しているという。いくつかのおとぎ話において、それらは時に死に、蘇り、人々に幸運や絶望を与えていたことを彼女は知っている。

目の前の精霊様は、自分が長くないと語る。

でも、それは本当なのだろうか？

「前に死んだときは重い病で、戦いに出ることもできずベッドに横になったまま、命を散らした。悪い人生じゃなかったと思う。普通の人では経験できないようなことを、たくさん経験した。多くの人を救った。きっとたいていの人は、僕の人生を豊かなものであったと評するだろう。実際、限られた中で僕はやるべきことをやったし、それは人生を酒に例えるなら、さぞ芳醇な葡萄酒であっただろう。……この村で、そんな風に語る人がいたから真似してみたんだ。どうかな」

彼女はそこでしばし押し黙ったあと、「でも」と言葉を続ける。

「心残りが、たくさんあった。だからもう一度、新しい身体で生きてみることにした」

法螺話と片づけることはできなかった。サーシャは軽い口調で告げたけれど、その顔はいささかも笑っていなかったのである。だからアリスは、その言葉をまるまる信じることにした。

「さようでございますか。では、こたびはいかがですか」

「前と比べたら、今回の方が満足かな。戦いの中で死ぬわけじゃないけど、死力を尽くして、僕を大切に思ってくれている人を守ることができた」

サーシャは窓の外を眺める。空は鈍色《にびいろ》の雲に覆われていた。この季節ではいつもの天気だ。

「今日は、いい日だ。暑くもなくて、寒くもない」

「もうすぐ暖かくなりますよ。何か食べたいものがございますか？」

「せっかくだから、この地の名産品を食べてみたいな」

アリスは少し困って、押し黙る。サーシャは不思議そうな顔で彼女をみあげた。

「手に入りにくいのかい？」

「あまり、その。ご主人様のお口に合うかどうか……。旅の方は、たいてい、別のものがいいとおっしゃいますので」

サーシャは笑って、「それでも、いいんだ」と言った。

「僕のわがままを聞いて貰えないだろうか」

アリスは「そういうことでしたら」と承諾した。

その日の夕方。出てきた料理をみて、サーシャは目を丸くした。パイ生地の上に魚の上半身がいくつも突き立っていた。魚の目がぎょろりと中空を睨《にら》んでいる。ひどく不気味な料理で、みるだけで食欲が減衰するだろう。

無理もない、とアリスは思う。自分も、子どもの頃、初めてみたとき怖くて泣いてしまったものである。

「これは……料理、なのかい？　前衛的な芸術ではなく？」

「本来は漁村で生まれた料理ですが、ほどなくこの地方全体に広まりました。ですが、あまりお客様にお出しするものではないのです」

「いや、理由はわかるよ、うん」

サーシャは苦笑いしながらも、パイ生地をひと切れ、口にした。しばらく咀嚼したあと、飲み込んでみせる。

「戦場で食べる乾燥したパンよりは、悪くない」

そう言って、笑う。

「ちょっと思っていたものとは違うけれど、これも貴重な体験だ。ありがとう、アリス」

褒められた気がしなかった。

貴族屋敷で働く者の数が増えた。

炊事や洗濯をする女がふたり、雇われた。アリスには雑事をする暇がなくなったからだ。主人が起きている間は、なるべく主人のそばにいるように、と村長には言われていた。

それ以外の時間には、子どもたちに数や文字を教えている。

最初は、自分がものを教えるなんて無理だと思った。だがやってみると、子どもたちの成長を見守るのは存外に楽しかった。あまり自覚はないが教え方も上手かったようで、生徒の側からもアリスの授業は好評だった。

「いっそ、これからも頼むよ。必要なら手伝いをつけてもいい。俸禄も出そう」

村長にそこまで言われては、断るわけにはいかなかった。自分にそんな才能があるなんて思っていなかったし、そもそもこんなことで生活できるほどの俸禄が貰えるなんて考えてもいなかった。

村長からは、去年、今年の山賊の襲撃がなければ、文字や算術をそこまで重視しなかっただろう、と素直に打ち明けられている。

「でも、二年続けてあったことが来年はないとは限らない。それ以外でも、村の将来のために書き留めておいた方がいいことはたくさんある。俺ひとりじゃとうてい追いつかないよ」

子どもに交じって若い男や女もアリスの授業を聞きに来た。サーシャの提案で、彼らに対して昼食を出すようになった。浴場も開放した。

いつしか、貴族屋敷は村人たちのたまり場となっていた。

村人たちが騒いでいてもサーシャはいっこうに気にしなかった。むしろ、嬉しそうだった。

激しい雨の日、村人たちの声が聞こえないと寂しいとすら打ち明けた。

そうこうするうち。

夏を待たず、彼女の体調は悪化した。


その日、サーシャは朝から眠ったままだった。最近はよくあることなので、アリスは時々、彼女の寝顔を見に行きつつ子どもたちに数の足し引きを教えていた。

鈍色の空の向こう側に薄っすらとみえる太陽が中天《ちゅうてん》に達しようというころ、来客の鐘が鳴った。村人であれば最近は勝手に中に入ってくるので、村の者ではないのは明らかだ。

アリスは客を出迎えた。

ひとりの背の高い女が立っていた。

女の銀の髪が風に揺れていた。紅玉のような瞳がアリスをみつめる。アリスはその瞳に吸い込まれるような気がした。

精霊様がいらっしゃった、と思った。

しばしの沈黙の後、慌ててお辞儀して、視線を外す。きっとお貴族様だ、失礼なことをしてしまった、と内心で汗をかく。

アリスの知らない言葉で挨拶された。アリスは慌てて、女家令を呼ぶ。彼女はたしかこの国の言葉以外もわかると言っていたはずだが……。

来客が笑う。

「すまない。アレクサンドラ殿の家ならジスタート語が通じると思ったんだ」

少したどたどしいアスヴァール語だった。アリスは胸を撫でおろす。アレクサンドラ、というのは主人の本当の名だ。それくらいは覚えていた。

「主人は今、お加減が……。眠っておられます」

「ならば待たせて貰っていいかな。目が醒めたら、遠方より友が来た、と伝えてくれ」

客の女は強引に上がり込んできた。

とはいえ、悪い人物ではないように思えた。


それからのことについて、アリスが知ることは少ない。

客の女は目が醒めた主人とふたりきりで会話した。そう長い時間ではなかったが、来客の女もアリスの主人も満足したようだ。泊まっていかないかと言われた女は、「これでも忙しい身でな」と固辞してその日のうちに村を発《た》った。

アリスの主人はそれから数日、機嫌がよかった。

「夢がすべて叶った」

彼女はそう言って、笑った。

「今日はいい日だ」

ずっとずっと、彼女は鈍色の雲に覆われた東の空を眺めていた。

Special Illustration

『魔弾の王と聖泉の双紋剣』完結記念
瀬尾《せお》つかさ（著者）×川口士《かわぐちつかさ》（原作者）あとがき対談

川口士（以降、川）　読者の皆さま、こんにちは。原作者の川口士です。、
瀬尾つかさ（以降、瀬）　読者の皆さん、こんにちは。聖泉を書かせていただきました瀬尾つかさです。『魔弾の王と聖泉の双紋剣《カルンウェナン》』のシリーズ最終巻までお付き合いくださって本当にありがとうございました。
川　今回はあとがきの代わりに対談を入れようという話から、瀬尾さんと僕との対談をやることになりました。聖泉の双紋剣は気がつくと三年も続きましたね、最初は三～四巻くらいのつもりだったのに。
瀬　続いてくれましたね。ライトノベルのバブルが弾けたと言われて新作が売れづらい時期にスタートしましたが、読者さんたちの応援のおかげで、無事に第一部完結までこられました。「魔弾」のコンテンツの底力を感じます。

川　瀬尾さんとは付き合いも長いので力量は信用してましたが、何巻続けられるかはまったく想像もつかずおっかなびっくりでしたけど、蓋を開けてみたら一巻は即重版かかったりと、僕自身も魔弾の世界を好きな読者さんがこんなにいたんだと驚いてました。

瀬　元々は、川口さんも含めた複数の作家さんたちで集まって新作やる話があったんでそっちの打ち合わせをやってるときに、魔弾世界で死んだはずのサーシャが蘇って敵になる転生バトルロイヤルをやったら面白くないかと言ったら、この本の編集協力もしているT澤さんがすごい面白そうって乗り気になって、勢いでやることになったんですよね。

川　そう、それで転生させるならハッタリが効いていてティグルが勝てるかもわからないほど強いキャラがいいって話から、初代魔弾の王を出そうって話になって——。

瀬　初代魔弾の王を出すことに決めたのはいいけど、軸になる舞台と設定がほしいと思い、川口さんと相談して、川口さんが凍漣《ミーチェリア》の雪姫本編でアスヴァールが舞台の前後編を書くと聞いて、それならアスヴァールを舞台にして有名な円卓の騎士にまつわる転生バトルロイヤルをやろうと思いついて、それならサーシャも復活させてしまおうとか色々決まっていきましたね。

ただ、それで少し困ったのがギネヴィア王女の扱い。旧作の『魔弾の王と戦姫《ヴァナディース》』と『魔弾の王と凍漣の雪姫』ではすでに育ち方が違うという理由でかなり性格が違っていたので、どっちに合わせようか定まらなくて、川口さんにどうしたらいいか、何度か相談もして。

川　僕の方からは、この世界のギネヴィアはどっちかというと旧作準拠の性格の方が近いのではと提案したんですが、蓋を開けてみたら、そのままだと牽引力が弱いと瀬尾さんオリジナルでギネヴィアの幼なじみのリネットが登場して、ギネヴィアとリネットは相互作用で大変面白い成長を遂げてくれて、これは僕には書けないキャラクターだなと唸らされました。

瀬　リネットは私なりの必死のあがきだったんですよ。ヒロインのリムも他の戦姫たちもみんな川口さんのキャラだし、自分でコントロールできるオリジナルキャラを入れないと、これはうまく話が回らないなと、一巻のときに思ったんです。

一巻を書いたときは、リムもサーシャも川口さんから「リムはこうじゃない。サーシャならこうする」とたくさん指摘を受けて、おかげでだいぶキャラはつかめたんですが、今度はリムがこういう性格でティグルがこうで、ギネヴィアがそんなだと、お話が進めづらいなと気づいちゃって。それで登場させたのがリネットだったんですが、彼女が加わってからは途端にお話が進めやすくなりましたし、ティグルとリムも自然に動かしやすくなりましたね。

そして、妖精のケットも入れさせてもらったのが大正解でした。
川　ケットはお話としてだけでなく、イラスト・ビジュアル面でも入れて良かったですよね。瀬尾さんからはマスコットキャラがほしいというので提案があってＯＫしたら、ビジュアルも含めてどんどん話が進んで、リネットがギネヴィア側の政治事情を解説するのに活躍するキャラなら、ケットはティグルと一緒に敵となる円卓の騎士のバックボーンに踏み込むキャラクターになってくれて。
瀬　でも、なんといってもケットは挿絵ですよ。ケットが巻頭カラーの口絵とか、本編挿絵に出てくるたびに心が和みますもん。
編集さんから挿絵指定のテキストもらうたびに、ケットの挿絵がちゃんとあるか確認して、もう一枚増やしましょうよとか、よく言ってました。
川　本巻からイラストを担当している白谷《しらたに》こなかさんもケットを描きたいと言ってて、この六巻では登場しないと知って少しガッカリしていると聞いてます。
ケットが登場してからは、ティグルとリムもケットと一緒の口絵や挿絵が自然と増えましたよね。僕は四巻カラー口絵の、リムにじゃれつくケットのカラーイラストが一番お気に入りでした。リムの可愛らしさもあれで増幅されていて。
ところで、瀬尾さんはリムの扱いはいつもかなり苦戦してましたよね。そんなにリムって書きづらかったですか？

瀬　はい、企画段階でティグルと対等のパートナーをできるキャラで、しかし戦姫ではないってことがむしろ新鮮だということで提案されてメインヒロインはリムにと決めましたが、いざ書き始めてみると完璧超人すぎて、このシーンはリムなら一人で全部解決できてしまうのではとか、色んなところでいつも迷いながら書いてしまってましたから。
それもあって、ティグルは他のシリーズよりもある意味で若い、血気盛んなせいでちょっと危ないところもある性格にして、そんな若いティグルをリムがお姉さんとしてサポートする、そんな形をとるようにして互いに存在を補完する感じになりましたしね。

川　凍漣の方もティグルは若さゆえの――という話が多いし、恋愛関係に関しても旧作シリーズよりちょっとがっついててリュドミラと少し過剰にいちゃつくことが多いんですが、聖泉の双紋剣ではどこか達観していて、性的な部分だけは妙に落ち着いてますよね。

瀬　あー、パッと見はそうかもしれないけど、こっちのティグルも相当ですよ。

毎回のようにリムと少し過激なことしてますし、三巻では幻覚に惑わされてとはいえ、リムのことを女性と強く意識して、このまま抱いてしまいたいとなってましたし。

四巻、五巻は物語の展開的にリムとのそういう関係するシーンは入りませんでしたが、いま計画している第二部ではそれらが大きく進展しての大団円になるんじゃないかなと思いますよ。ティグルとリムは実質、公然の恋人状態ですし、本人たちも互いをそういう目で見ているところもあって。

川　そういえば、第二部は南西の国々に舞台を移すんですよね。
凍漣ではキュレネーという大国が登場していますが、聖泉の双紋剣では新たに南西のカル＝ハダシュトという国が舞台に。

瀬　そうです。カル＝ハダシュトは本巻で登場した新ヒロインのエリッサの生まれ故郷で、リムはエリッサの危機と新たな陰謀に立ち向かう、そんな展開になる予定です。

エリッサはリムの昔の教え子という設定なので、聖泉の双紋剣のときよりも次の戦いはより個人的な理由となるので、次はリムがかなりアクティブに活躍してくれますよ。

今回からイラストを担当していただいてる白谷こなかさんにも、暑い地方の話になるからリムます。の新衣装はかなり涼しげで活動的でエキゾチックなデザインにしてほしいと依頼してもらってます。

川　それと編集さんから要請が入ったので「聖泉の双紋剣のコミック版」の告知もしないといけませんね。決まったのはだいぶ前でしたが、ようやくコミック版がスタートです。この文庫が発売される頃には、第一話がニコニコ漫画の「水曜日はまったりダッシュエックスコミック」に掲載されている予定です。

聖泉の双紋剣のコミック版、本当なら昨年スタートの予定でしたが、世界的な感染症の流行の影響でみんな生活や仕事が大変な騒ぎになって、すぐに動けなくてようやくということに。bomi《ボミ》さんは僕より瀬尾さんの方が詳しいですよね。

瀬　そうなんですよ、私が以前にプレイしていたゲームの原画家さんのひとりだったので間接的に知っていた、漫画家のbomiさんに双紋剣のコミック版を描いていただくことになりました。

編集さんから、瀬尾さんも知ってるbomiさんにお願いすることになりましたよって言われたときには、正直、ちょっと驚きました。結構お忙しいかたなのは知っていたので。

この対談をしている時点で、監修のためすでに四話までは完成版を読んでますが、ティグルとリムが飛んだり跳ねたり、ドラゴンが咆吼《ほうこう》したりと、活劇もかなり充実していて、ここまでの品質の高いものが来るのかって驚きつつ、続きを楽しみにしています。

この文庫が発売されるのとほぼ同時期に、ニコニコ漫画の「水曜日はまったりダッシュエックスコミック」で連載されてますので、皆さんもぜひ第一話を読んでみてください。この文庫の巻末にもコミック版の広告が入ってるはずです。

川　僕も監修に参加してますが、凍漣のコミックを担当していただいたkakaoさん、的良みらんさんとはまた違ったテイストの絵柄と活劇の組み立て方になっていて、こういう見せ方もあるのかって勉強させてもらっています。

本編を読んでるかたなら何が起きるかは知っているとは思いますが、第四話でのティグル・リムが毒竜と戦う一連のシーンは見所満載ですよ。とくに、猛り狂った竜の大暴れは必見ですね。

ところで、あらためて第二部の告知したら？

瀬　そうでした。――最後になりましたがあらためて。

聖泉の双紋剣は第一部が完結して表題にもなっていた武器が消えたこともあり、第二部からは題名を変えて、年内か来年早めにスタートします。

第二部は第一部よりもコンパクトなシリーズになる予定で、読みやすいかと思いますので、こちらもぜひ応援していただけるとありがたいです。

待っているわ
あなたの矢が
あの蒼氷星《シズリート》に
届くのを
ティグルとリュドミラの
出会いの物語が待望のコミック化
ギャアアアア

魔弾の王と
凍漣の雪姫《ミーチェリア》
序章
作画:kakao　原作:川口士
キャラクターデザイン:美弥月いつか
『魔弾の王と凍漣の雪姫―序章』
好評発売中
presented by
kakao

的良みらんが贈る、新たな凍漣の物語――
凍漣の雪姫リュドミラの前に現れたのは、同じ戦姫であり長年の宿敵、銀閃の風姫エレン
エレンの目的は一体――
二人の争いは、ティグルを巻き込み新たな大騒動へ発展!?
人気作『魔弾の王と凍漣の雪姫』待望のコミック版
ニコニコ漫画「水曜日はまったりダッシュエックスコミック」にて好評連載中

凍漣の雪姫vs銀閃の風姫!?
エレンがティグルがついに出逢う
そのときリュドミラは――
いよいよコミックスも発売！
魔弾の王と
凍漣の雪姫
1
コミック版
『魔弾の王と凍漣の雪姫１』
好評発売中！
presented by
的良みらん

魔弾の王VS魔弾の王
異国の地でティグルとリムは
かつてない敵との戦いに挑む

魔弾の王シリーズの人気スピンオフ
『魔弾の王と聖泉の双紋剣』
待望のコミカライズスタート！
ニコニコ漫画「水曜日はまったり
ダッシュエックスコミック」にて好評連載中

ダッシュエックス文庫

魔弾の王と聖泉の双紋剣《カルンウェナン》6

瀬尾つかさ　原案／川口 士

2021年8月30日　第1刷発行

★定価はカバーに表示してあります

発行者　北畠輝幸
発行所　株式会社　集英社
〒101-8050　東京都千代田区一ツ橋2-5-10
03(3230)6229(編集)
03(3230)6393(販売／書店専用)　03(3230)6080(読者係)
印刷所　図書印刷株式会社

ISBN978-4-08-631435-0 C0193